古典文藝研究輯刊

二四編

曾永義 主編

第11冊

血粉戲及其劇本十五種(上)

李德生 著

國家圖書館出版品預行編目資料

血粉戲及其劇本十五種（上）／李德生 著 -- 初版 -- 新北市：
花木蘭文化事業有限公司，2021〔民 110〕
序 6+ 目 2+172 面；19×26 公分
（古典文學研究輯刊　二四編；第 11 冊）
ISBN 978-986-518-573-2（精裝）
1. 中國戲劇 2. 戲劇評論
820.8   110011668

ISBN-978-986-518-573-2

9 789865 185732

古典文學研究輯刊
二四編　第十一冊   ISBN：978-986-518-573-2

血粉戲及其劇本十五種（上）

作　　者　李德生
主　　編　曾永義
總 編 輯　杜潔祥
副總編輯　楊嘉樂
編　　輯　許郁翎、張雅淋、潘玟靜　美術編輯　陳逸婷
出　　版　花木蘭文化事業有限公司
發 行 人　高小娟
聯絡地址　235 新北市中和區中安街七二號十三樓
　　　　　電話：02-2923-1455／傳真：02-2923-1452
網　　址　http://www.huamulan.tw 信箱 service@huamulans.com
印　　刷　普羅文化出版廣告事業
初　　版　2021 年 9 月
全書字數　268982 字
定　　價　二四編 20 冊（精裝）台幣 45,000 元

血粉戲及其劇本十五種（上）

李德生　著

作者簡介

　　李德生，籍貫北京，旅居加拿大，係加拿大文化更新研究中心研究員，自由撰稿人。致力於東方民俗文化、中國戲劇研究。近年在國內外出版的著作如下：

《煙畫三百六十行》（臺灣漢聲出版公司，2001 年）

《老北京的三百六十行》（中國山西古籍出版社，2005 年）

《丑角》（中國百花文藝出版社，2007 年）

《京劇的搖籃──富連城》（中國山西古籍出版社，2008 年）

《禁戲》（中國百花文藝出版社，2008 年）

《清宮戲畫》（中國百花文藝出版社，2011 年）

《一枝梨花春帶雨──說不完的旗裝戲》（人民日報出版社，2013 年）

《禁戲圖存》（中國社科出版社出版，2019 年）

《束胸的歷史與禁革》（臺灣花木蘭文化事業有限公司，2021 年）

《粉戲》（臺灣花木蘭文化事業有限公司，2021 年）

提　　要

　　血粉戲，是劇評家景孤血為「色情兇殺」戲起的一個專用名詞，這類戲也是傳統劇中的一個重要的組成部分。不少戲還是京劇傳統戲的經典之作，如《翠屏山》《烏龍院》《戰宛城》等；還有的是評劇的開山之作，如《槍斃小老媽》《殺子報》等。這類戲劇在清末民初時就已廣為流行，為此，還創造出「潑辣旦」、「刺殺旦」和「性丑」等一系列新的表演行當。

　　歷屆政府對這些「血粉戲」都施行過禁演措施。但是，由於社會混亂、時風難束，屢禁屢泛，禁而難止。解放後，文化部對舊劇進行了全面的整肅，大部分「誨淫誨盜」的「壞戲」被趕下了舞臺，任其消亡，有的連劇本也都蕩然無存了。儘管有些「血粉戲」確實是戲劇中的精粕，但在戲劇發展史的長河中，也曾實實在在地存在過，而且紅火一時，不少戲中還保存著精湛的表演技巧和絕活。但因為諸多原因卻為戲曲史學家們視而不見，或罔顧不取，不少珍貴的史料被棄之溝壑，化鶴難覓了。

　　為了讓戲劇愛好者瞭解「血粉戲」，筆者根據手頭積存的資料，對這類舊劇進行了一次粗淺地梳理，從一些老戲考、老劇評、老劇照、名伶軼事和故人回憶中，集腋成裘，整理出一些文字，並將筆者蒐羅到的劇本附之於後，草成此書，以補近代戲劇史上的一大漏卮。

序

丁淑梅

　　李德生先生發來《血粉戲》書稿，囑我寫點文字，實在愧不敢當。李先生年長我多，我對血粉戲也少有研究，覺給先生作序唐突了，辭之再三，不容推卻。原當初紙面素談，聞李先生《血粉戲》書稿已成，尚有將珍稀劇本附後的想法，以為李先生的「血粉戲」研究加之珍稀舊本遺錄，實在是功德無量的好事，只好勉力應之。

　　愧我寡陋，以前對「粉戲」瞭解的多一些，「血粉戲」則涉獵不多，讀了李先生的這部書稿，豁然又打開一域。讀先生所論如《大劈棺》《戰宛城》《翠屏山》《武松殺嫂》《十二紅》等「血粉戲」，從戲本緣起、故事源流說到名伶演藝和舞臺演出，其中多有譚鑫培、楊月樓、荀慧生、筱翠花、言慧珠等彼時京劇名伶之劇藝活動，方更明瞭了「血粉戲」的本子中固有兇殺加豔情的情節，但紙面形容只一過，舞臺改編與故事衍異則繁，「血粉戲」的家底大多在臺上裝扮、角色運化與動作搬弄間。因熟諳曲壇掌故與伶人舊事，在李先生娓娓道來的故事中，真乃名伶有絕活，扮演有特技，道具有妙用，場面有亮點。如《翠屏山》譚鑫培主唱的西皮唱段、路三寶的蹺功與撲跌，《貪歡報》的酸調抓哏，《殺子報》的「彩頭」，《槍斃閻瑞生》露蘭春的「驚夢」，都是一時傳揚的戲場盛事。而《大劈棺》賈璧雲的「運斧」、言慧珠的「三眼」，《遊湖陰配》筱翠花的「魂子步」，《馬思遠》的「血彩」「騎木驢」，《也是齋》皮匠妻的筋斗，也真是讓人大開眼界。至於《殺嫂》裏吳秀林的幽媚，《烏龍院》的海派「南麒」與京派「北馬」不同的演法，《雙釘計》與《釣金龜》《白金蓮》的故事淵源，《武松殺嫂》牽出的楊月樓案，木版年畫呈現的《殺子報》場面，《十二紅》的「大破臺」，「四斃戲」之《槍斃小老媽》《槍斃閻瑞生》《槍

斃駝龍》《槍斃劉漢臣》中月明珠、老白玉霜等評劇才人的風采，以及膾炙人口的《秋海棠》一劇的衍生，一則將「血粉戲」的話頭延伸到了近代以來戲曲史的角角落落，既有角色風格的闡發，亦有京劇流派的比較；既有故事互文的推證，亦有演技創新的討論；既有排場布置的評點，更有圖文說戲的靈趣，可謂典故逸事信手拈來，行文走筆意氣流淌，視野宕得開，話頭收的攏，從古說到今，從今往回看，多少場上曾風靡一時的名角兒綽約，多少曲壇已難覓蹤跡的戲藝珍聞，都在李先生筆下活動起來。更值得一說的是，書中所附插圖，珍稀罕見，不僅圖文呼應，再現了昔日戲場，也作為文物還原了歷史現場。讀其書，足以想見先生欣然躍然、慨然吟然之寫作姿態與思索狀貌。

　　說到「血粉戲」，一個繞不開的話題就是禁戲。李先生書稿中引用了不少史料加以佐證，使得「血粉戲」流動在舞臺上下的面貌及觀演互動的情形立體豐富地呈現出來。於此想到與「血粉戲」交集的一些禁戲前史，可以和李先生打開話題，不妨多說幾句。

　　其實，早在乾隆八年（1743），江西巡撫陳宏謀在《請定俗樂、禁淫詞小說以裨風化摺》中，就已指出「雖云俗樂隱有勸懲之意，迨後漸次濫觴，所演多男女媟褻之事，作戲者備極形容，觀戲者情意飛蕩……其應演之戲亦即重加釐定……總惟汰去淫邪之狀，大彰報應之理」。奏摺以正人心、厚風俗為首務，強調飲食歌舞之場，無非訓俗型方之意，得旨批曰：「此等所謂言之還是，而行之實難者也。」可見，清政府很重視對民間淫亂之戲的整頓。但此類演劇活動於城市鄉村在在俱是，即頒禁令也很難推行。

　　此後，清代在江南展開的三次大規模的禁書禁戲行動，對戲曲創作與演出形成了一定的禁遏聲勢。一次是道光十七至十八年（1837～1838）在蘇郡，一次是道光二十三至二十四年（1842～1843）在浙江，一次是同治七年（1868）丁日昌在江蘇巡撫任上。這一時期，在政府發佈的公文、公告、報刊和民間出版物上，屢述「淫亂」「強梁」戲劇的罪惡，且多次頒布了詳細的禁戲戲目。如余治《得一錄》載有《計毀淫書目單》七十多出。江蘇按察使頒布憲示《嚴行禁燬淫書淫畫以正風俗》，及《裕謙訓俗條約》等文告中，更包含彈詞、鼓詞、俗曲、唱本、戲文無數。諸如《跳牆》《寄柬》《佳期》《拷紅》《吃茶》《琴挑》《思凡》《下山》更《倭袍》《前後誘》《送燈》《殺嫂》《刺嬸》等戲，多次被列入官方禁戲名目之中。

　　丁日昌以《水滸》《西廂》等書揚波扇焰，「以綺膩為風流」「借放縱為任

俠」遂致逾閑蕩檢、禍殃愚民，犯上作亂，與演戲敗壞人心戚戚有憂，應該都是他「以義理為先」治理時務的思想反映。清後期這三次大規模禁書禁戲行動的理據，審其「誨淫誨盜」之禁目，觀其禁戲言論涉及的情形與場所，都與「粉戲」「血粉戲」的演出活動有一定干係。

光緒十四年（1888）十月二十日，《申報》刊出一篇戲評《禁時事新戲》，其中所涉《申報》四十年（1872～1911）禁戲名目，包括愛情婚姻戲，神怪荒誕戲、史事「強梁」劇、社會問題與時事新劇等類目，但禁戲的聲音卻一致「炮轟」淫戲。而滬上「淫」戲之禁，除了指愛情婚姻劇過多涉及情色繪刻、演員裝扮角色、再現場面跡類「誨淫」之外，也指那些如《八大拿》《鐵公雞》等史事「強梁」戲、如《火燒第一樓》《大鬧嘉興府》等社會問題與時事新劇過於披露盜劫兇殺、血腥暴力、造反變亂事件，這些就與「血粉戲」面目幾同了。但滬上演劇，得益於自由開放的商業環境，已出現了跟進時事、切近生活、針砭時弊、暴露社會痼疾的創作新動向。此戲評即以新戲名目新穎可觀、戲單更名躲過禁燬為「其意皆有所為，尚可原也」，甚至認為仿舊劇「大鬧」系列「窮思極想，以期生意之興旺」的初衷可以理解。一方面是淫戲之屬禁，一方面是「淫戲」之熱演；一方面是舊劇輾轉開演抗禁，一方面是新劇「大鬧」登場亮相；一方面是官方禁戲輪番轟炸，一方面是民間演劇走馬燈似地更名換目，此情此景之生動活潑，足以說明滬上淫戲之禁指向時事新戲難以收拾的尷尬局面。

光緒十六年（1890）六月十四日《申報》登了一則《禁演淫戲告示》，列禁戲二十八種。其中就有李先生論到的《殺嫂上山》（即《翠屏山》）、《第一報》（即《殺子報》，又名《油壇記》、《仍還報》、《冤還報》、《孽緣報》、《善惡報》）等「血粉戲」目。在《申報》近四十年的禁戲報文中，《殺子報》即有七次見諸報禁，其次是《翠屏山》，再其次是《雙釘記》。光緒十六年（1890）《申報·論禁淫戲》曰：「戲園中所演《殺子報》一齣，淫穢兼甚，早經英會審公廨禁止。茲聞某戲園仍演是戲，為蔡太守所聞，立即飭差傳諭該園主以後不得再演。如敢抗違，定當提案懲辦，此亦黜邪崇正之一端也。」這些被打上「色情兇殺」戲標籤的劇目，除了炫技的部分，其實不同程度地涉及了弒君忤逆、通姦亂倫、盜匪謀反、流氓肆惡等社會問題，反映了專制機器內囊的醜陋與腐朽，隱含著民間反抗的聲音，因而遭到清廷以及滬上地方政府的屬禁。

有意思的是，宣統元年（1909）的成都，在四川地方政府督請成都戲曲

改良會發起戲曲改良運動的背景下，也有論者抨擊戲園演淫戲，呼籲凶戲當禁。申禁的劇目主要為兩類，一類是淫戲，與「血粉戲」相關。成都淫戲之禁的情形，一如《申報》報導的上海禁戲情形，連劇目都幾幾相同，如《銷金帳》《葡萄架》《迷人館》《巧姻緣》等。譴責理由說的很露骨，所謂「生旦狎抱也，袒裼露體也，帳中淫聲也，花旦獨自思淫作諸醜態」「目成眉語，手足勾挑，語言媟狎」等裝演行為傷風敗俗。而民間演劇改頭換面、更名換目的情形亦復如是，如《殺子報》改為《天齊廟》，《翠屏山》改為《雙投山》等等。除了劇目事涉「淫褻」外，成都優伶演劇之諧謔風情、滑稽賣笑，向來亦開人耳目。社會輿論對此多有疵議。《成都通覽》也談到成都優伶「具有一種俗不可耐之性質」：「無論妍醜，一切言語行動，均故作醜態，令人噴飯」。這些或可與李先生論及的舊劇舞臺上角色矗扮、豔情炫示以迎合下層流俗的現象對證。

　　另一類是「凶戲」，即動用真刀真槍的武打戲，更與「血粉戲」相近。川劇中的武打戲自古以來就很發達，有「三分唱、七分打」的傳統。此述《鐵公雞》《伐子都》等劇，表演上以武功見長，跌撲翻摔，勇猛剽悍，鬼魂索命，走僵屍，既是鬼戲，又有高難度的雜技武術表演和兇殺奪命情節，所謂「開腸破肚也，支解分屍也，活點人燭也，裝點傷痕、血流被體也」，即戲園演劇用真軍器，呈現驚心動魄的打鬥場面、血腥殘酷的殺戮細節，被官方認為是匪盜凶案頻發的誘因加以嚴禁。又據《四川教案與義和拳檔案》，光緒末年崇慶知州柴作舟稟報總督岑春煊云：「緣邪說如《水滸》、《三匣劍》、《綠牡丹》等書，所言皆好勇鬥狠、犯上作亂之事；茶館所講評書亦無非此等事。讀者、聽者尤而傚之，遂自目無法紀，故開盜智；即今之拳匪，亦此等書有以惑之也……至於治盜而禁及演戲，似屬迂闊，言談不近情理。不知川省戲價本賤，無論城鄉會戲一開，經旬累月，百里內之來觀者盈千累百，良匪混雜，皆以看戲為名，兵差無從稽查，團保亦難盤詰，盜匪成群，結黨混跡其間，同謀不法，比比皆是。其盜藪州縣，則戲場內匪類藂集，刀槍林立，更無人敢於過問。因此而匪黨日多，匪風日熾」。此議查禁民間神會演兇殺戲，以杜盜黨騷亂、拳匪謀反，這才是李先生所述「血粉戲」被官方嚴禁的最要害、最「危險」之處吧。

　　其實，戲劇表演要反映生活真實，就必須揭示社會矛盾。舞臺上扮演姦淫燒殺，窮形盡相，鮮血淋漓，務求逼真，惡的徹底讓人憎，打的痛快使人

憤，甚至以驚悚懼栗博叫好，以新鮮刺激贏喝彩，都是戲場贏得一般社會觀眾的做法。要揭示社會矛盾，就必須在伸張正義和人道的同時，直面邪惡和無道。以戲劇裝演關乎世道陵替，舞臺表演動用真兵器等藝術表現為教凶起釁，戲劇衝突如何展開？如何昭示正義與邪惡的對壘？孤立地誇大姦淫兇殺等醜惡社會現象的藝術表現對於社會人心的不良影響，禁斷戲劇舞臺揭露「惡之花」，就迴避了舊道德觀念與戲中人物懷抱的生活理想的強烈矛盾，也就迴避了不合理的社會制度對普通人的權力脅迫和人性壓制。我想，彼時「血粉戲」禁而難止，自有它行於戲場、存於人心的道理，如何考量其價值？可以讀李先生的《血粉戲》。李先生研究「血粉戲」，並思之附舊劇，也是持論有故，做一醒世湯吧。

李先生高才淵博，又與曲界前輩、名伶多有交遊往來，熟諳曲壇掌故逸聞，雖遠居國外，尚筆耕不輟，數年來與研曲說戲多有建樹，在京劇、戲畫圖畫、旗裝戲、梨園舊事等方面有多部專著面世，如《禁戲》《丑角》《京劇的搖籃--富連城》《清宮戲畫》都是很有影響的學術著作，文獻工夫精深，不僅於文字材料細加詳審闡論，且搜集大量插圖、劇照、老照片、香煙畫片、清宮戲畫等，提供了往昔戲曲難得的活態影像和演出實錄。

與李先生的紙上結緣，是因為邀請先生參與教育部人文社科重點研究基地重大項目，李先生慨然援臂做禁戲圖像研究，幸得古風君子相助，這就是2019年底由中國社會科學出版社出版的《禁戲圖像存錄》。因項目溝通和研讀戲曲文獻的緣故，和李先生有多次郵件往來，特別是聊到今昔曲壇變遷，感慨萬千，話頭興味，相談甚歡，但時至今日，和李先生還從未謀面，憾奇之餘，讀其書每每想見先生音容，正如李先生所云，或有一日相會，正可期倚欄把盞、蘭溪放歌。

李先生大作原本打算在國內出版，但因種種原因不果，幸得川大文學與新聞學院李怡院長薦於臺灣花木蘭文化出版社，幸編輯慧眼垂青，真乃一大幸事，在此一併謝過。

先生高齡健鑠，仍心念曲界，研讀深問，走筆成章，感佩不已，亦足激勵後學，不成敬意的一點文字，權代之為序。

（四川大學文學與新聞學院）丁淑梅

2020 年 11 月 26 日於成都雙流文星鄉下

目 次

上　卷

前　言

　　老一輩的戲劇研究者中，有人把戲劇按故事內容分為「奸、盜、淫、邪」四大類別。細想一下，這種分類也並非全無道理。大凡「歷史戲」，沒有「姦臣」、「姦佞」，沒有「陰謀詭計」，就很難編成戲；演「英雄戲」，如果沒有「盜賊」、沒有「強盜」、「匪類」來充當反面角色，也是成不了故事了；演「情愛戲」，假如沒有一點兒「情」、「色」，沒有一點兒男女的「隱私」、「苟且」，當然也不成其為戲；演「神話戲」，沒有一點兒「邪魔歪道」，沒有一點兒「精靈鬼怪」，大概也就沒有什麼看頭了。

　　一齣以「美」為主的正戲中，總要加一些「醜」的東西來對比；一齣以伸張正義的戲，必然要加入「醜惡」、「犯罪」，甚至還要夾雜一些「驚悚」和「恐怖」的戲劇衝突，給觀眾一點兒官能刺激才成。這些不僅是戲劇慣用的藝術手法，也是構成戲劇的重要組成部分。老戲如此，新戲要想「出彩」、「拿人」，也要如此。

　　血粉戲，是著名劇評家景孤血先生給「色情兇殺」戲起的一個專用名詞。「血粉戲」本身也是傳統劇中的一個重要的組成部分。其中不少戲，還是京劇傳統戲的經典之作，如《翠屏山》、《烏龍院》、《戰宛城》等；有的則是評劇的開山之作，如《槍斃小老媽》、《殺子報》等等。這類戲劇在清末民初時就已廣泛流行，在戲劇表演中，還創造出「潑辣旦」、「刺殺旦」和「性丑」等一系列特殊的表演行當和表演技巧。

　　自從戲劇誕生之日起，舞臺上出現「色情」或傾向於「色情」的戲和表演，原本就是不可避免的。同樣，在舞臺上出現「殺人」或「刑殺」、「自殺」的故事情節和表演，同樣是不可避免的。

自古以來，《秦律》在判刑時，列有殺人罪四種，即賊殺、斷殺、故殺和擅殺；《漢律》則有殺人罪五種，為賊殺、謀殺、鬥殺、戲殺和過失殺；《晉律》增判殺人罪為六種，增加了一種誤殺。「七殺」之名，則始於《唐律》，定為謀殺、故殺、劫殺、鬥殺、誤殺、戲殺和過失殺人，合稱「七殺」。此後，宋代、明代、清代的律法中均予以沿用。在社會生活中，有相當一部分是因為男女關係處理不當，促成矛盾激化，或雙方的行為為封建倫理道德所不容，而導致了「罪惡的」，或是「被報應」的處置結果。

反映到戲劇中，往往就成了「因姦致命」之類的「血粉戲」。加之戲劇為了吸引觀眾，在故事情節上的誇張；演員表演時，在技巧運用上的誇張；戲劇畢竟是演員的藝術。正如清吳燾在《梨園舊話》所談：許多「血粉戲」「非具大本領者不能出色。當時專精此技者，只松齡、長貴、楊桂雲，寥寥數人」耳。可見這路戲的表演技能，是戲劇旦角藝術中極其重要的一支。還有，近代舞臺利用道具、燈光、布景，對戲劇情節中恐怖場面的刻意誇張；如此種種也造成了「血粉戲」興盛一時的特殊現象。

歷屆政府對這些「血粉戲」都施行過嚴格的禁演措施。但是，由於清末民初時期的社會混亂、時風難束，往往屢禁屢解，禁而難止。解放以後，中央文化部對舊劇進行了全面的整肅，大部分「誨淫誨盜」的「壞戲」被趕下了舞臺，任其消亡，如《十二紅》、《殺皮》等，有的連劇本也都蕩然無存了。一些基礎較好的「血粉戲」，經過重新整理改編，也能化腐朽為神奇，較完整地保存下來。例如周信芳的《下書殺惜》、蓋叫天的《武松》、孟超的《李慧娘》等，成為有一定積極意義的好戲。

儘管有些「血粉戲」確實是戲劇中的糟粕，如《也是齋》、《雙鈴記》、《五鬼捉劉氏》等，但這些戲在戲劇發展的歷史長河中，也曾實實在在地存在過，紅火過，不少戲中還保存著精湛的表演技巧和絕活。但是，這些戲因為諸多原因，為戲曲史學家們罔顧不取，或視而不見，這樣就使得不少珍貴的戲劇史料被棄之溝壑，化鶴難覓了。

為了讓戲劇愛好者瞭解「血粉戲」，筆者根據手頭積存的資料，對這類舊劇進行了一次粗淺地梳理，從一些老《戲考》、《小唱本》、舊劇評、名伶軼事和故人的回憶中，集腋成裘，整理出一些文字，草成此書。對這些很難尋找到的珍稀劇本計十五種，也附錄於下卷。一是恐其日久湮沒，二是希望有心人能對這一課題做進一步的研究，以補充中國近代戲劇史上的一大漏厄。

《大劈棺》——
從《大劈棺》談到賈璧雲和言慧珠

研究「血粉戲」，首先就會想到《大劈棺》，試想一個女人為了自己的情人，不惜用斧頭劈開棺材，去割取自己死去的丈夫的頭顱，難道還不夠「粉黛」？不夠「血腥恐怖」嘛？這齣戲在上個世紀三、四十年代的京劇舞臺上，與《紡棉花》一起火得一塌糊塗。幾乎無旦不《劈》，無旦不《紡》。當年頗有影響的《立言畫刊》有文寫道：

> 現在上海盛行《蝴蝶夢》、《大劈棺》，凡蒞彼男女旦角，除老牌外（周信芳）靡不紛紛演唱，均不可無，白玉薇、李金鴻、李玉茹等亦均先後演出。皆以丑角劉斌昆扮冥童二百五，姿態神情滑稽，極受觀眾讚賞。

> （見 1943 年《立言畫刊》第 53 期《俠公談戲》）

北京、天津、南京、武漢同樣如此，處處都貼演《大劈棺》、《紡棉花》以為時髦，每一個有點兒名氣的演員，莫不又「劈」又「紡」，大賺其錢。當時報刊上有一首《歌場新詠竹枝詞》寫道：

> 棉花紡得軟綿綿，究竟坤伶玩藝鮮。還有《劈棺》拿手戲，斧頭劈出大洋錢。

有人說《紡棉花》不是一齣女演員身穿時裝、唱「雜耍」、賣弄色情的戲嘛？其實，這齣戲的老本子也是齣「血粉戲」。劇情寫買賣人張三出外貿易，長久不歸，王氏在家另有新歡，待張三歸來後，二人不合，王氏勾結姦夫就

將張三殺害。後來犯了案，王氏被斬首示眾。據顧曲家李雲影談：

> 我還記得《紡棉花》的鼎盛時代是在民國十年左右，的確紅遍京滬一帶。當時是十三旦（即劉貼容並非侯俊仙）和恩曉峰（唱花臉的反串）常在故都廣德樓貼演。後來坤旦張文艷又在南方亦大唱特唱，居然都紅得不得了。可是北京最後紅的還有一個坤旦，叫碧雲霞，有位雅士還替她把這戲名改叫《絡絲娘》。此外還有個小馬五，在申江一帶很紅了一陣，和《魏大蒜》這路戲常常貼出。

（見 1941 年 1 月 8 日《申報》14 版）

因為，後半部的劇情與《也是齋》、《十二紅》等戲相似，伶人們便把它改編成一齣玩笑戲，只演前邊，而不演後邊了。《大劈棺》則不然，依然保存本來面目，而且，越演越色情，越演越恐怖。

《大劈棺》亦叫《蝴蝶夢》，也有人貼《莊周試妻》或《田氏劈棺》的。故事取自明代通俗小說《警世通言》和《今古奇觀》中的《莊子休鼓盆成大道》一節。最早將這個故事改編成戲劇的是清代劇作家嚴鑄，他編寫的《蝴蝶夢傳奇》一共四十四折，後人從中摘取了《歎骷》《煽墳》《毀扇》《弔奠》《劈棺》等情節編排成戲，搬上了舞臺，名為《蝴蝶夢》。但《大劈棺》一名更富有刺激性和號召力，所以一直沿用至今。

莊子是先秦時期的道家思想的代表人物，著有《莊子》《逍遙遊》等書，素以仙風道骨、思想灑脫稱著。戲中演的是，莊子離家在外修煉日久，終成大道。一日，他在夢中變成了蝴蝶而翩翩起舞，醒後，又還原為一個活生生的莊子。從此，他自己就搞不清楚，是蝴蝶變成了自己，還是自己變成了蝴蝶。莊子在回家的途中，遇見一個年輕的寡婦，手執一柄葵扇在用力的煽墳。莊子問其緣故，乃因她丈夫生前遺囑說，待其墳墓濕土變乾的時候，她便可以改嫁新歡了。這位寡婦改嫁心切，這才以扇煽墳。莊子憫其可憐，施用法術，助其墓土速乾。寡婦千恩萬謝地興奮而去。莊子歸家後，見到久別的夫人田氏，談及所遇之事時說：「婦人水性揚花，一旦丈夫死後，必定會另覓新歡，急著改嫁的。」田氏不以為然，說女人未必人人如此，稱自己就是個矢志守貞的女人。但是，因為莊子尚存，所以兩人的爭執，難分對錯。

《莊子試妻》電影劇照　黎民偉飾演田氏　攝於 1903 年

電影《莊子試妻》是由香港華美影片公司出品，也是香港本土最早製作的電影之一。電影由黎北海導演，兼飾演莊周，黎民偉編劇，兼反串飾演莊子妻田氏，黎民偉的妻子嚴珊珊飾演使女，曾在美國首映，但從未在香港上映。

　　不想，沒過多久莊子生了重病，一命身亡了。田氏哭哭啼啼地為他守孝。到了第七天的頭上，忽然來了一個年紀輕輕的美少年，自稱是楚國王孫，昔日曾與莊子有約，將拜在他的門下為弟子，今日特地登門求教。一見莊子已故，王孫不勝哀惋，提出要在莊子家中暫住百日，一來為老師守孝，二來得以觀瞻老師的遺著。田氏見楚王孫唇紅齒白、儒雅翩翩，一表人才，心生愛慕。二人交談甚為融洽，遂互表衷腸，倉促成婚。合卺之夜，楚王孫忽然心疼難忍，說是舊病復發，必須要用人的腦髓和酒吞下，方可治癒。以前犯病，總

是由楚王選一死囚，取其腦髓為藥。眼下此藥無處可取，看看必死無疑，言畢大慟。田氏為救王孫心切，聽說不出七七四十九天的死人腦髓也可以代用，就毅然拿著斧頭，想劈開棺材，取出莊子的腦髓為王孫治病。當她執斧破棺之際，莊子突然復生。此乃莊子借用法術，幻化為楚王孫，試探田氏之心。田氏自慚行穢、羞愧難當，當即自盡而死。

這個故事編得很荒誕，但是，其中隱寓著很多哲理和值得爭論的論理道德問題，值得觀眾深思玩味。這也是《大劈棺》這齣戲影響之大，久演不衰的原因之一。其實，莊子與妻子的關係是很不錯的，《莊子‧至樂》中載：

> 莊子妻死，惠子弔之，莊子則方箕踞鼓盆而歌。惠子曰：「與人居，長子老身，死不哭亦足矣，又鼓盆而歌，不亦甚乎！」莊子曰：「不然。是其始死也，我獨何能無慨然！察其始而本無生，非徒無生也而本無形，非徒無形也而本無氣。雜乎芒芴之間，變而有氣，氣變而有形，形變而有生，今又變而之死，是相與為春秋冬夏四時行也。人且偃然寢於巨室，而我噭噭然隨而哭之，自以為不通乎命，故止也。」

莊子之所以鼓盆而歌，是為了闡述他對人之生命的看法。他覺得，人生就像春秋冬夏四季一樣輪迴變化，生命可以從無到有，也就會從有到無，所以，活著的人不必長久地沉浸於哀傷之中。編戲的人故意以莊子「鼓盆而歌」借題發揮，創造戲劇的新話題而已。

最初的《蝴蝶夢》傳奇應該是崑曲的本子，在清代乾隆年間就已有演出。小鐵笛道人寫的《日下看花錄》中，便有慶喜部伶人陳小山演出《蝴蝶夢》的記載。但是，當時這齣戲是個什麼樣子，並沒有詳細的記述。到了民國初年，《蝴蝶夢》易名為《大劈棺》，被上海的戲班搬上舞臺演出，結果一炮而紅，掀起一番熱潮。最早演出的是秦腔，由名伶「小如意」飾演田氏，《申報》有評論說：

> 小如意善演此劇，劈棺一段，繞臺跌撲甚多，煞費力量。滬上跌打花旦，推為第一，惜嗓子已倒，所唱秦腔，無一字可解。

（健兒文《〈蝴蝶夢〉一名〈田氏劈棺〉》1911年5月17日《申報》）

這是民國元年最早的一則關於《大劈棺》的報導。至於「小如意」的身世和藝術簡歷，則無文字細考。只是由他帶頭，《大劈棺》這齣戲演的人越來越多，演出的劇種也越來越多了。秦腔演、梆子演，連地方小戲「的篤班」也

演。不過，大都是南方的戲班在唱。影響所及，廣州、福州、香港諸地與上海一樣，也都掀起了《劈棺》熱。創辦最早的香港華美影片公司，也不失時機地抓住這一題材，在 1913 年，拍攝了一部無聲黑白電影《莊子試妻》，它是香港本土最早製作的電影之一。該片由黎民偉編劇，黎北海導演，並且自飾莊周，而黎民偉則反串飾演莊子的妻田氏，黎民偉的妻子嚴珊珊飾演田氏的使女。因此，嚴珊珊也就成為中國電影銀幕上的第一位女演員。可惜的是，這部電影並未在中國或香港上映，而在美國進行了首映，目前僅有劇照留存，以記其勝。

《大劈棺》被移植成二簧，由京劇班演出，似乎應自滬上名伶賈璧雲開始。賈璧雲生於光緒十六年（1890），字翰卿，江蘇揚州人。家境貧寒，七歲隨父親乘船闖關東，到了遼寧營口，寫入一個小梆子班學唱花旦，因為璧雲聰明靈俐，不論什麼戲一教就會，師傅認為他不是個池中物，早晚必有出息，就給起了個藝名叫「小十三旦」。賈璧雲在十一歲時就登臺唱戲了，跟著師父在東北、山東、河南等地跑碼頭，已小有名氣。自宣統元年，他在河南開封搭上了慶豐園，拜了「牡丹花」宋志普為師，改唱京劇花旦。藝成之後，於宣統三年（1911）來到了北京，搭入三慶班，以貼演《紅梅閣》一炮而紅，此後名聲大噪。

辛亥武昌起義爆發後，武漢成了革命中心，新政府為了振興武漢市面，特邀賈璧雲前去演出。各界特別歡迎，場場滿坑滿谷，人滿為患，一時紅得發紫。兩個月後，他又應上海大舞臺之邀赴滬，開始與李春來、呂月樵、趙如泉等合作，大有呼風喚雨之勢。賈璧雲的思想活躍，事事領先，排演了不少新戲。與毛韻珂、馮子和、歐陽予倩一起被譽為「上海四大名旦」。以狄楚青、包天笑、孫玉聲等報界主筆和劇評家為首的一般文人，對其尤為推崇。

賈璧雲生得身材適中，面貌清秀，臺下亦風度翩翩，儒雅文靜，而且能畫上一筆好畫，人稱「翩翩佳公子」，被評為滬上「第一美男」。他在舞臺上的扮相更是眉清目秀，美麗端莊，一雙秀目，顧盼生情；春山秋水，格調高致，全無俗伶的猥褻輕挑之態。又由於他是梆子出身，功底紮實，表演不拘於藩籬，接近現實生活，且又符合戲劇的規矩，使他在民國初年，成為南方舞臺上的領軍人物之一。他與馮子和一樣，對京劇旦角藝術做出了很多革新創造。例如，旦角畫眼圈，老的畫法只是在上眼皮上淡淡地畫上幾筆；賈璧雲則率先改畫黑眼圈，使眼睛更加好看有神。旦角塗口紅，原來只是在上唇、下唇

的中間點上一點紅，以示「櫻桃小口」，全然是清宮內眷的畫法；他和馮子和都率先改塗全唇，更顯出了女人的美麗動人。賈璧雲和馮子和還首創了「古裝頭」，和旦角背後垂下來的黑線尾子，以突出女人的長髮披肩。梅蘭芳第一次來滬演出時，看到了他們的扮相，大為驚奇。回京後與梳頭師父韓佩亭一起研究，才促使了北方旦角化裝的改革。

賈璧雲擅長的能戲很多，有《辛安驛》、《紅梅閣》、《梵王宮》、《戰宛城》、《虹霓關》、《烏龍院》、《鴻鸞禧》等，都很拿人，有號召力。特別受觀眾讚賞。1912 年，賈璧雲將秦腔《大劈棺》移植為京劇，首演便十分轟動。報刊對他的《大劈棺》評價甚高。言其：

> 初出場即有一種輕顰淺怨神氣，流落眉目間，活畫出一個少年新寡婦。至楚王孫拜奠時，陪跪在旁，兩目癡注，秋水盈盈。不必做淫態，而觀者已為之心蕩神移，是真花旦能手。劈棺一段，田氏手執板斧，輕開棺室之門，伸首內探，逡巡不敢入。全身瑟瑟抖戰，手中斧若將墜地。俄而一念私欲，便起決心，猛入棺室，劈去孝幛，躍登棺蓋，將欲砍劈，忽又轉念，身段觳觫，手震戰無力，不能運斧，乃逡巡自桌下。復躊躇半晌，逡巡出棺室，返至臥房門外，聞王孫呼心痛聲。於是，私念又起，咬牙忍心，撞入棺室，慾火炎炎，不復顧忌，乃劈棺焉。至棺蓋劈開，莊子蘧然起立，田氏大驚，從桌上跌下，璧雲演得驚駭失色，宛然如真。而一個翻空筋斗，遠至丈餘，實非一般旦角所能為也。

（見鈍根《評〈大劈棺〉》1912 年 11 月 1 日《申報》第 10 版）

這篇文字筆墨不多，卻把賈璧雲在這齣戲中的演法，路數，寫得一清二楚，如今讀之，亦如現場觀劇一般。1917 年，賈璧雲再度赴京，搭入了楊小樓開辦的第一舞臺，楊小樓每以大軸相讓，以示對賈的敬重。賈璧雲除了與楊小樓合演了《戰宛城》、《宏碧緣》等戲之外，也把《大劈棺》帶到了北京。據說，演出之日觀者如雲，凡在京的內行也都前去觀瞻。在富連成擔任總教習的蕭長華，一看有這等好戲如何放過，馬上派人去「抒葉子」，唱做、音樂全部端將過來，稍作加工就變成科裏的教學材料了。後來科裏的花旦，包括日後大紅大紫的筱翠花、毛世來等人演出的《大劈棺》，全是宗賈璧雲的路子。

賈璧雲戲裝劇照　攝於民國初年

賈璧雲（1890～1941），字翰卿，花旦最為著稱，早年藝名小十三旦。江蘇揚州人。七歲隨父親到遼寧營口，開始在梆子班學花旦，十一歲登臺，曾先後在東北、山東、河南等地流動演出。清宣統年間在河南開封搭慶豐園，曾向同班京劇藝人牡丹花（宋志普）求教，宣統三年（1911）入京搭三慶班，一時名聲大噪，且堪與梅蘭芳爭豔。後搭上海大舞臺，為「滬上四大名旦」之一。率先把《大劈棺》翻成二簧。

　　賈璧雲在北方呆了很久，還排演過《長生殿》的故事戲，名叫《玉無塵》，就是採用了「古裝頭」的化裝形式，這一新的扮相對於北京的觀眾說來，完全是一種新的享受。到了 1915 年，便與「小荷漸露尖尖角」的梅蘭芳爭奇鬥豔了。時人有詩讚其「誰知豔質爭嬌寵，賈郎似蜀梅郎隴」。據說，譚鑫培看了他的戲後，絕口讚歎地說：「璧雲一身都媚，即戴鬼臉時亦姿態多端」。

　　直到 1919 年，他才重返上海，仍然在大舞臺獻藝，除了演出拿手的傳統戲外，也演出了不少新編戲，如《杜十娘》、《獨佔花魁》等。這一階段，是賈璧雲最為光鮮的時候。當時，現代照相技術已趨於普及，洗印的成本大大下降。賈璧云是第一位在演戲時向觀眾贈送相片的人。凡購買一張票，便贈一張戲裝像，這種做法在當年也是極有宣傳力的，賈璧雲之名如日中天，引來男女戲迷粉絲無數。尤其每次演出，女捧家好似約好了一般蜂集臺下，前十排幾乎全為太太小姐、掠燕遊鶯占踞。他在臺上演戲時，人未出場便掌聲四起。乍一亮相，即有諸般「彩頭」擲上臺來，耳環、戒指、玉鐲、夾帶書信、電話號碼，足可以拾起一小筐。臺上如此，臺下更是應酬不斷，酒河宴海，紙醉金迷的誘惑，使他犯了不少伶人大忌。

　　他的收入不蜚，但他揮霍無度，從不知節儉為何物，而且沾染上了暴飲暴食的惡習，好似後來的程豔秋，白蘭地每飯兩瓶，肉餅能連食數張。其實是患上了糖尿病。只是當時醫療水平落後，病人全然不知而已。因此，他日益發福，身體胖了起來。儘管如此，他也不知警惕，藝術方面只吃老本，不圖上進，演出水平日益下降，觀眾對他的興趣也就日淡一日了。他的最大問題在於他的唱、念都帶有鄉音，不脫梆子味道，俗語謂「不嗲而怯」，加之梆子戲逐漸衰落，二簧新星如雨後春筍紛紛而起，使他的舞臺地位每況愈下，漸漸地就退居二路了。

　　到了三十年代，他改搭天蟾舞臺的時候，已淪為班底演員，只能在《四郎探母》中演個八姐、九妹之類的活兒，完全失去了昔日的風采。顧曲家對這個巨星過早的殞落，莫不為之惋惜。1941 年 6 月 4 日，這位一代紅伶在貧病交加之中，黯然辭世。早年的輝煌，俱成昨日黃花。唯其首演的《大劈棺》作為「海派」劇目之一，一直傳流了下來。

　　三、四十年代，紅星女伶們躍居京劇舞臺，言慧珠、童芷苓、白玉薇、李玉茹、吳素秋一大群允文允武的花旦，競相演出《大劈棺》，尤其在日偽時期的上海灘上，有時一夜能有四、五臺《大劈棺》互打對臺，真是「處處《蝴蝶

夢》，臺臺《大劈棺》」。當然，演出的路數已非賈璧雲時代的面目，但依然是賈璧雲開創的骨架。在眾多組合的《大劈棺》中，輿論界一般還是傾向言慧珠所飾的田氏最佳，「不瘟不爆，恰到好處」。

　　梅葆玥女士生前曾說過：「筱翠花、毛世來、言慧珠、童芷苓、白玉薇、李玉茹、吳素秋的《大劈棺》我都看過。那時，我還在上中學。當然了，芍藥、牡丹各有所長，都是一流的藝術家，演起來各有千秋。私下裏，我跟盧燕一起比較過他（她）們，總覺得男旦演起來都過於潑辣。給人的印象，他們的技術性很強，但人物不美，好似田氏生來就生性放蕩，邪氣太盛。我們都覺得這些大師姐們演起來才有女人味，更接進人物。莊子是個大學問家，田氏也必不粗俗，是個知書達理的女人，她與莊子的感情也是恩愛的。對女人孀居守自，她也有著自己的看法，甚至還對天盟誓，稱自己與別人不同。所以，前半場應該是很正統的，田氏雖然是花旦應工，在臺上加襯一些青衣的成份是最好不過的。後邊，從見到楚王孫起，感情出現了變化，而轉入花旦、刺殺旦的表演，也是有層次，循序漸變的。這一層的把握，我一直認為言慧珠大姐演得最好。」

　　當年，報刊對她的評論也近於此。言慧珠的表演相當細膩，當她首次見到楚王孫時，被他那非凡的氣質吸引，隨著場上鼓鍵子的響聲，她的眼神迅速發生變化，先是「驚呆」，繼而「愛慕」，目光如語，揭示出田氏枯寂的內心被王孫喚醒，從而產生了新的渴望與衝動。言慧珠在表演中，也使用「三眼」功：既左看一眼、右看一眼、中間再看一眼，一下子把人就引入戲中，牢牢地抓住了觀眾。評論家認為她的表演有「北派」筱翠花的東西，也有「南派」賈璧雲的東西，同時更有自己的東西。她的特點是表情細膩傳神，身段婀娜多姿，扮相俊美可人。手、眼、身、法、步，美、媚、脆、帥，集於一身。她的唱念更能表現人物的喜、怒、哀、樂，亦憂、亦怨、亦愁、亦恨等多種心境。言慧珠不使蹺，但同樣能走出蹺功的各種蹉步、蝶步、碎步、圓場，與使蹺表演有著異曲同工之妙。言慧珠重在塑造田氏的人物形象，她能演出田氏思想變化的根源，而不像彼時流行的那樣，把田氏塑造成一個狠毒淫蕩刁婦。在「弔祭」一場，楚王孫用哭祭、勸慰，留下守孝，瞻仰先生遺著得手段，逐步贏得師娘的歡心，並以美貌、忠厚、善解人意，觸動了田氏的春心，田氏的變化是與楚王孫的引誘是互動的。楚王孫犯病了，要用人腦做藥引才能醫治。面對劈棺的決擇，她是再三猶豫的無奈之舉。一面是楚王孫的呻吟，一面是

二百五的幫腔，一面是與莊子夫妻一場的舊情，使她難下毒手，而處於進退兩難的境地。

言慧珠飾演的田氏，人物變化如抽絲剝繭，脈絡清楚，能給人一種全新的感覺。觀眾看後，自有品評、玩味的餘地。所以有人說：「看言慧珠演的任何一齣戲，不僅有視覺美的享受，而且像品茶一般，後味無窮。」

言慧珠在臺上極會作戲，但在臺下卻從來不會演戲，單純、任性、直來直去，不會婉轉，不善避讓，最終毀了她藝術，毀了她的家庭，毀了她的一生，枉送了卿卿性命。凡是喜愛京劇藝術的人，對她的死，莫不倍感痛心。

言慧珠便裝像　攝於上世紀五十年代

言慧珠（1919～1966），學名仲明；蒙族旗人，祖籍北京，其父為著名鬚生言菊朋；她二十歲年登臺，初演《扈家莊》，一炮而紅，1943 年在上海拜梅蘭芳為師。建國以後備受排擠，1957 年在上海戲曲學校執教，1960 年同俞振飛再婚；文化大革命爆發後受到批鬥；9 月 9 日在衛生間懸樑自盡；代表作品有《西施》、《太真外傳》、《生死恨》、《春香傳》、《霸王別姬》、《鳳還巢》、《牆頭馬上》等劇。

　　言慧珠是言菊朋的女兒，生於民國八年（1919），自幼受父母的薰陶，酷愛京劇。她不聽他父親的話，他父親叫她好好念書，不要學戲。她不聽，偷著向姜順仙、程玉菁學玩藝兒。十六歲登臺演戲。她父親不叫她下海，她不聽，下海後，越唱越紅，後來還正式拜了梅蘭芳。她父親不叫她拍電影，她不聽，楞往裏摻和。可也摻和出不少名堂。一部《逃婚》、一部《太太問題》，使她名噪全國。

　　言慧珠一生排演了許多好戲，《西施》、《太真外傳》、《生死恨》、《春香傳》、《霸王別姬》、《鳳還巢》都是她的代表作。崑曲《牆頭馬上》還拍成了彩色戲劇電影在全國放映。但是，他清高、孤傲、不會處理上下級關係、同志、朋友關係，主角與群眾的關係，因此解放之後，她事事難以稱心，處處遭到掣肘。她自己的「言劇團」被迫解散，她想參加改制後的國營劇團，人家不要。上級出面，把她調入北京京劇四團，結果受排擠，以「南北不合槽」的口實，停了她不少戲。一年多的時間裏，言慧珠只演出了十三場。演員定級時，她被同仁們評了個二級。參加拍攝梅蘭芳舞臺藝術影片時，許多鏡頭被無端刪除。氣得她，服用了大量安眠藥，企圖自殺。被人們救活之後，只好離開了舞臺，調回上海，安排在戲校執教。

　　她自恃才高，與群眾關係搞得一塌糊塗。對於政治，她更是一竅不通。在私營劇團國營化時，她想不通，多方抵制。整風運動一開始，言慧珠就大喊「我要演戲，讓我演戲」，還在《文匯報》上發表了《給親愛的觀眾的一封信》，大發牢騷，被文化部點了名，差點兒被打成右派，是在周恩來和上海市文化局局長徐平羽的保護下，才得以蒙混過關。1964年，言慧珠積極參與現代戲改革，演出現代京劇《沙家浜》，引起江青的反感，放出話來說：「叫言慧珠別演啦！好好閉門思過，休想到我這裡沾邊！」一句話，喝斷了言慧珠的舞臺之路。

　　她的孤傲和個性，使她在婚姻問題上也屢遭不幸。在青年時代，因與電影明星白雲的「閃婚」，鬧得蜚聞四起，用她自己的話說，簡直「遇上了拆白黨」。可是沒過多久，她入風風火火地嫁給了比她小幾歲的「底包」小生薛浩偉。剛生下兒子清卿，二人隨即又「閃離」而去。到了1960年，她又嫁給了結過五次婚的俞振飛。不過，二人只是舞臺上的婚姻，「紅氍毹上卿卿我我，粉墨臺前燕爾新婚」。結婚半載，住在「華園」的這對夫妻便一個樓上，一個樓下，分居而寢了。

　　1966 年，「文化大革命」爆發，《人民日報》發表社論《橫掃一切牛鬼蛇神》，上海戲曲學校便開始貼大字報，開展大批判了。俞振飛與言慧珠作為上海戲曲學校的正、副校長，首當其衝地被革命群眾揪了出來。揭發言慧珠的第一張大字報就是《堅決揪出專演〈大劈棺〉〈紡棉花〉毒害革命群眾的「三反分子」言慧珠》。她和俞振飛兩人身上刷滿了漿糊、貼滿了標語，脖子上掛著大牌子掃廁所。俞振飛平素為人和藹，還少受一些罪。而言慧珠就不同了，她平時趾高氣揚，鋒芒畢露，衣著講究，吃穿奢侈，對她有好感的同事沒有幾個，不黯時事的學生們被人挑撥，對她施以百般的譏諷和虐待。掃廁所時稍有懈怠，非打即罵。一代紅伶淪落至此，寧不令人扼腕唏噓。

上崑演出《大劈棺》的劇照　攝於 2004 年

2004 年，上海崑曲劇院恢復演出了崑曲《大劈棺》。梁谷音分飾小寡婦和田氏，計鎮華分飾莊子與楚王孫，分別以老生、小生應工；劉異龍則分飾蝴蝶和老蒼頭，三位名家均已六十開外，又是由「傳」字輩崑曲藝人親授技藝，舞臺上的一舉一動自然格外引人注目。不少老觀眾說，梁谷音飾演的田氏，有幾分言慧珠的精神頭。

　　關於言慧珠的死，已有很多文章和書籍憶及，這裡不再多述。筆者旅居加拿大期間，每星期都到列治文的京劇票房裏去玩。那裡認識了一位竺太太，竺先生善操琴，竺太太專擅「梅派」。《太真外傳》、《生死恨》唱得極好，一聽就不是普通的票友。原來，她是上海戲校的老一代的畢業生，「文革」以後脫離戲曲界，移居加拿大。有一次閒聊中，大家談起了言慧珠。她說：

　　文化大革命剛一起來的時候，言校長就被揪出來了，那時，我還是戲校的學生。最初，是大人們天天開會搞運動，貼大字報，你揭發我，我揭發你，學生們只是看熱鬧。最早給言校長貼的都是她在解放前拍黃色電影，演壞戲《大劈棺》等，從大門口一直貼到了食堂，還都是與戲有關的事兒。後來一深入，就開始揭發她的生活作風的事兒，再往後就上綱上線，都是政治上的事了。每次批鬥會都叫她站在桌子上，頭朝下，一蹶就是半天，汗珠子劈哩叭啦的往下掉，她哪兒受過這樣的罪呀！吃飯就給一個棒子麵窩頭，她都心甘情願的忍了。

　　後來，毛澤東在天安門上接見紅衛兵，給宋彬彬改名叫要武。這一下，抄家、打人的狂風就刮到上海。戲校也成立了紅衛兵團，我家的成份高，紅衛兵也不要我們，但也不讓我們回家，留校鬧革命。他們抄家、打人，胡作非為，叫我們在一旁看著。言校長、俞振飛校長，還有很多被揪出來的老師們都糟了大罪，把他們關進了牛棚，受盡了折磨。

　　紅衛兵抄言校長的家時，我正在學校，大概是九月一、二日吧，去「華園」抄家的有二十多人。把言慧珠的家翻了個底兒朝天。把臥室裏的床墊，書房的沙發墊子全都拆了，把她的被子、褥子、衣物都撕開，連高跟鞋的後跟都敲了下來。把廚房的櫃子、罈罈罐罐都翻倒，衛生間上的天花板、地磚也都揭了，像用篦子篦了一遍。收穫可真不少，拉回來有一車戰利品，其中，僅珠寶錢財一項就足以令人目怔口呆。紅衛兵在食堂還辦了半天展覽，貼著言慧珠標籤的鑽戒、別針、琥珀玉墜、翡翠耳環、玉鐲、項鍊就有好幾十個，還有金條，一共十幾斤，一大摞美元，好幾萬元的存摺。算是把言慧珠的全部財產悉數充公了。我記得，這些物品的檯子上還貼有一張大字報，言慧珠已不是反動藝術權威了，而成了畫著叉叉的地主婆。上邊貼著一幅對聯：「《紡棉花》紡出的人民的血，《大劈棺》劈來的人民的錢！」橫批是：「看看這個地主婆」。當時，很多人都不知道《大劈棺》和《紡棉花》是什麼戲，都以為跟李逵一樣，是齣拿著斧子砍人的花臉戲。

　　我一直認為，抄家這件事，是導致言慧珠自殺的重要原因。記

　　得那年九月九日，紅衛兵放言慧珠回家寫檢查，勒令她第二天到學校開批鬥會。據說當晚，言慧珠將十歲的兒子言清卿託付給住在樓下的俞振飛，便在衛生間用一條曾經在臺上用的白綾子懸樑自盡了。當時，學校給的結論是「自絕於人民自絕於黨」。這件事兒一幌過去快四十年了，當年看展覽的事兒，至今歷歷在目。後來，聽說江青自盡也是在衛生間，用的也是一幅白綾子。唉！我不迷信，可天下就有這些事兒，真怪。

　　打倒「四人幫」以後，文化局為言慧珠舉行了平反追悼會，但早已物是人非，往事不堪回首矣！

　　《大劈棺》這齣戲在北平和平解放的時候，解放軍軍管會就宣布禁演此劇。1952 年，中央文化部再次宣布全國禁演《大劈棺》。直到 1992 年，半個世紀後解放思想，童芷苓才在上海率先恢復了《大劈棺》的演出。接著，北京的魏喜奎、王紫苓、李金聲也在北京西單劇場貼演了這齣戲，迄今，還有這場戲的實況錄音存世。

《大劈棺》劇照臺灣京劇名家飾田氏　攝於 1979 年

北平和平解放的時候，解放軍軍管會當即宣布禁演此劇。1952 年，中央文化部再次宣布禁演《大劈棺》。國民黨政府退據臺灣以後，對文藝政策也有反省。曾以此劇宣傳「淫蕩、殘忍，有害善良風俗」之過，亦宣布禁演。1979 年方宣布解禁。

　　所附《大劈棺》劇本根據 1920 年王大錯編著《戲考》第五冊整理。
見本書下卷。

《十二紅》——
從《十二紅》談到「大破臺」與毛世來

　　《十二紅》到底是一齣什麼戲？因為此戲久違舞臺，就是一些內行一時也說不上來。臺灣的一位研究者曾引經據典的說，《十二紅》是一齣反貪的清官戲，是清代作家黃均宰寫的一部傳奇。

　　黃均宰原名振均，字宰平、仲衡，別號天河生。乃清代江蘇淮安人氏，生於道光六（1825）年，道光二十九（1849）年拔貢，曾出任奉賢訓導。著有傳奇《十二紅》、《鴛鴦印》、《呼夢麼》、《雙烈祠》等七種，合稱《金壺七墨》。

　　筆者曾在北京圖書館善本書庫翻閱過此書，《十二紅》傳奇的內容是寫，清代山陽河道衙門的大小職位都是「肥缺」，每年朝廷下撥經費數百萬兩銀子維修河道，而實際用於治水的不過「十之三四」，其餘全被大小官吏中飽揮霍。江淮兩岸一遇大雨，頓成澤國，人為魚鱉。市上商賈、無賴把河督衙門作為鑽營的目標，只要與河工沾上邊，就找到「生財之道」。道光年間，某河督「姬妾甚多，其最寵幸者三人」。以這三人為軸心，牽扯到僧尼、優伶、妓女、修髮匠之屬，「合得十有二人，故有十二紅之目」，河工、商人、小吏只要能與「十二紅」搭上關係，就可以事事順手，陞官的陞官，發財的發財。黃鈞宰就此寫成一個十六折的劇本《十二紅》，是一部揭露黑幕的戲。但是，此傳奇的內容與姦淫兇殺的「血粉戲」並無什麼關係。

　　十幾年前，筆者曾與自家親戚田淞先生問詢過這齣戲的來龍去脈。田淞在五十年代初在中國戲校任職，一度兼任王瑤卿校長的秘書。據他回憶：

　　　　《十二紅》這齣戲我聽說過，但是沒有看過。據說裏邊有不少

花旦的絕活兒和封建迷信，裝神鬧鬼的東西。戲挺火實，但是沒有什麼進步意義，很早就不讓演了。我依稀記得王校長說過，《十二紅》這齣戲，前邊的情節好像與《雙釘計》差不多，是一齣謀害親夫，遭到報應的故事。後邊的戲與《滑油山》的《五鬼捉劉氏》差不多。富連成排過這齣戲，好像筱翠花沒演過，毛世來演過。不過，肯定這齣戲的內容與修河堤、髒官貪污不搭界。

十年前，筆者在加拿大 UBC 大學亞洲圖書館查找戲劇資料時，在館員的幫助下，看到了一套王大錯先生在二十年代編輯出版的大《戲考》。從這套《戲考》中看到了很多稀見的戲，還看到了《十二紅》的本子。但是，內容並不完整，只有頭本。仔細讀了一遍，才瞭解了此戲的端倪。果然，它與黃鈞宰所撰《十二紅傳奇》是截然不同的兩回事。

京劇本講的是某朝某代，某地市井有一屠戶姓周，人稱周屠，他開設了一間肉鋪，因為本錢缺少，周轉不靈，曾向同街富戶畢員外借銀二十兩，作為推廣營業之用。奈何，他的時運不濟，生意絕少，沒兩天就連本帶利，銷磨盡淨。便將肉鋪生財的家什一概招盤，想關門大吉，另謀它計。畢員外得此消息，連忙奔至周家索討借款。在半路途中與周屠相遇，周屠將他邀入酒店敘飲。當他提及欠資一事，周屠則巧語花言，用以搪塞。酒過數杯之後，周屠裝作吃醉模樣，出離酒店。畢員外跟隨於後，迤邐來到周屠家中。周屠故意避入內室不出，畢員外無可如何，只得在門外徘徊。及至周屠的妻子出門詢問，畢員外竟然一時語噎，呆若木雞。因為周屠的妻子是個小家碧玉，長得特別漂亮，而且風致嫣然，使人見而生愛。畢員外一見生情，驟生引誘之心，早已將討債一事置之度外。只會百般獻媚，博其歡心。周妻頗識風月，兩相問答，眉來眼去，一拍即合。別後，畢員外輾轉難眠，不能忘懷。翌日，再次前往周家探看。適值周屠不在家中，畢員外就進入內室，對周妻更是肆無忌憚，著意勾搭。周妻本性輕浮放蕩，迎奸賣笑，二人就此通奸。頭本到此處便戛然而止。

後邊的二本，當是周妻與畢員外二人合謀害死周屠。三本、四本，則是閻王爺見他二人在人間作惡，十分惱怒，差下鬼卒捉拿二人，打入地獄，使他們備受諸刑，然後處死。其演法當與《五鬼捉劉氏》雷同。這齣戲顯然是老藝人自己編纂的節目，將傳統的《目連僧救母》一劇的後邊部分，改名易姓地按在《十二紅》之後。給全劇附上一個「惡有惡報，善有善報，不是不報，時候未到」的主題。

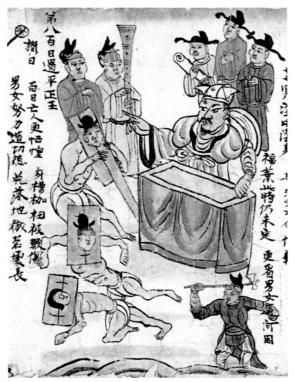

敦煌收藏《亡魂地獄輪迴圖卷》(局部)

圖中描述生人亡故之後，陰魂將漫遊地府六殿，須向閻王一一報到。閻王將依據陰魂在世間的善惡表現一一處分。《目連救母》的故事便以此演繹而來。《十二紅》一劇又藉重《五鬼捉劉氏》的傳說續之於後，使全劇轟動一時。

　　《目連僧救母》的故事，最早見於東漢的佛教文獻《佛說盂蘭盆經》。講目連的母親劉青提家中甚為富有，但她為富不仁，十分吝嗇貪婪。其子目連極有道心，而且極為孝順。劉青提趁目連外出，天天宰殺牲畜，大嚼五葷，全無念子之心，更不禮佛修善。劉青提死後，被打入陰曹地府，受盡苦刑的懲處。目連為了搭救自己的母親，剃度出家，艱苦修行，最終得了佛法，修成高僧。親自來到地獄，見到受苦的母親已淪入餓鬼道。給她吃的食物，還未入口，便已化為火炭。目連心中不忍，十分悲哀，祈求於佛陀。佛陀教目連於七月十五日建盂蘭盆會，借十方僧眾之力讓母吃飽。目連便依佛陀教導行事，使母親生變為狗。目連又念了七天七夜佛經，又使母親脫離狗身，才邁進了天堂。其中，《五鬼捉劉氏》一節是全劇的高潮，演來十分恐怖嚇人。至於，早年間這折戲是怎麼個演法兒，連內行誰也說不清楚。

　　筆者從 1945 年出版的雜誌《立言畫刊》中，讀到了一篇筆名「聽寒」的作者撰寫的一篇文章——《談破臺戲與〈五鬼捉劉氏〉一劇》。竊以為此文對研究昔日梨園界「破臺」舊俗和《五鬼捉劉氏》的演法，很有學術價值，特摘抄如下。他寫道：

　　　　梨園於第一次開臺，必須行破臺戲，蓋以遞傳之迷信心理，謂從未演過戲之舞臺，如不有嚴重之儀式，則必致神佛之怒，而召鬼魅也。故數年前有曾喧傳一時北京某戲院破臺時曾有真鬼出現之傳聞。而又有弋班某名淨為被人約請破臺飾靈官後，即一病不起，說者遂謂凡屬破臺一次，梨園中必損一老將。以此而論，則新建之戲院在破臺時約請何人，即無異於促其死也，頗值軒渠。

　　　　破臺既為梨園大典，則南北各戲班於破臺日必均演與眾不同之破臺戲，以為紀念。京朝則大略上四靈官燃鞭炮，追一假扮之女鬼直入前臺櫃房即畢其事矣。外江以及各省之戲班，於此又有錦上添花之舉。頃讀某君昔年所述之蜀班高腔戲，則有於破臺日首先所演例屬《五鬼捉劉氏》一劇，神奇怪誕，不一而足。爰介其所記如次：

　　　　川班演是戲至捉拿劉氏時，臨時易一名武生小金牛者，飾劉氏。彼時劇場燈火，並無所謂電光，乃束乾柴於一鐵架中，澆油燃之，古代所謂庭燎也。又環以竹纜燒之，俗呼曰火把。五猖鬼手中各執其一，更佐以綠色素油之燭炬。當捉拿時，各種火焰之上，皆加以松香，其光頓作慘碧色。劇中魔鬼皆愀愀作鬼哭聲，陰氣逼人，儼然幻成一魔怪世界，宜乎膽怯者不敢仰視也。迨劉氏將被拿之先，滿臺飛叉。其叉鋒之銳利，著人即可致命。劉氏初猶於臺上奔竄，後則竄於臺下，四竄於人叢之中。凡觀者愈眾之處，劉氏必竄入隱匿，蓋藉人眾以避其鋒，而五猖鬼則持叉執火叉其後追之。

　　　　飛叉一場，較諸京戲之《飛叉陣》、《金錢豹》等戲，兇惡加增十倍。所持飛叉，全是真鋼開口者，已為京戲中伶人所不可能。其最險者劉氏出場，背倚臺柱直立，隨後一叉自馬門飛出，直刺於劉氏頂上之臺柱間，間不容髮，少下則劉氏之腦漿迸裂，少偏則臺下之觀眾必擇其鋒，亦有性命危險。如是者，上下場各飛一叉，按次劉氏亦如前狀，而又向其跨間飛刺，其兇險與前相同。若等相傳有神人保祐，實則雙方合手，即無大礙也。

湖南辰河目連戲劇團演出的《目連救母》劇照

在南方的一些民間劇團裏，迄今依保留有古代目連戲的神韻。在《目連救母》劇中的《五鬼捉劉氏》一場，仍然有「跑臺」、「飛叉」等恐怖火炙的表演，從中，可以看到昔日演出「破臺戲」的影子。《十二紅》中的技巧表演並非憑空而來，是有其淵源所本的。

　　最後，劉氏就捕，諸鬼擒擲於臺之中央，若似因犯上斷頭臺狀，滿臺鬼魔環立，中立者為閻羅包老，鐵面森嚴；後以一叉自劉氏腦後飛出，同時擲一活雞於劉氏膝前，意以其為劉氏之替代品，叉鋒直穿雞腹刺入臺板寸許，彼活潑潑之公雞，頓時慘叫一聲，血花飛舞，其真魂已歸大羅天上，而形骸猶在於叉鋒，撲躍不已，直至臺中大燒香燭錢錁，破臺之戲，亦因之告竣。

　　此蓋川班破臺之情形也，而所演之《五鬼捉劉氏》又極其兇險，此在外江及各省戲班中皆有真實技術，迨不視為特別新鮮者，唯劉氏之叉，誰能躲得乾淨利落耳。此種表演，若施之京朝班中，有視之為太過火者。但亦自有其純熟技術在也。

（見《立言畫刊》第 339 期 4 頁）

　　京劇《十二紅》的後半場戲，是把《五鬼捉劉氏》改為《五鬼捉周妻》而已，把這麼一場火炙的「跑臺」和「飛叉陣」放在戲裏邊，自然變成一齣叫座的「血粉戲」。而編排這齣戲的，正是蕭長華先生的主意。

　　彼時，「世」字輩的學員還未出科，富連成發生了一件大事情。李盛藻出科成名，來了個釜底抽薪，帶著一大批「盛」字輩的師兄弟脫離了富連成，赴

上海掙大錢去了。按蕭長華先生的話說：「經此變故，富連成大傷元氣」，賣座兒都成了問題。富連成全靠李世芳、毛世來、袁世海、閻世善等學員和葉盛章、葉盛蘭這些人苦撐。葉盛章、葉盛蘭還經常應邀外出演戲，科裏全憑李世芳、毛世來頂著。蕭先生心裏著急，就給毛世來排了這齣格外「火實」的《十二紅》。

其實，《十二紅》這齣戲也非憑空自造。據《清代梨園史料》記載，《十二紅》是齣骨子老戲，早年間，田際雲、田桂鳳、路三寶、老水鮮花（郭際湘）等前輩藝人都演過。至於怎麼演，有沒有「捉劉氏」、「飛叉陣」不得而知。民國伊始，這齣戲便消失於舞臺之上，再以後，人亡戲絕，多年也不見演出了。富連成再次把這齣戲推上舞臺，而且按照「大破臺」式的演法，給觀眾帶來的驚詫、刺激和演員的高超技藝所造成的轟動，達到了匪夷所思的妙境。不僅每貼必滿，而且，成就了毛世來的半世英名，成了他獨有的看家戲。與之同科的袁世海先生曾翹著大姆指說：「這齣戲只有毛世來能演，別人，誰也沒有那個工夫啊！」

毛世來的師哥閻世善在一篇回憶文章中寫道：

我和毛世來是同科同學，我比他入科早一點。我今年七十九歲，比世來大一歲。我們「世」字科是富連成科班各科中人數最多的一科，年歲距離大，共有六個屬相，最大的屬龍，最小的屬雞。毛世來按公曆算是 1921 年出生，要按農曆算，屬猴。

世來是先學小生，後改的花旦。歸行以後，他跟蕭連芳學戲。蕭連芳給世來排過《斷橋》，世來演青蛇，踩蹻，演白蛇，他也踩蹻。那年頭兒，武旦、花旦都重蹻功，我們只要歸行學旦角，不管怎麼樣，都先把蹻踩上。一天三遍功，世來練得更苦，他經常給自己加一遍私功。早上五點多鐘就起來練。冬天五點多鐘，天還不亮，摸著黑兒練，那是真苦哇！

世來是繼劉盛蓮之後，富連成的當家花旦。像《烏龍院》、《雙釘記》、《雙鈴記》（《馬思遠》）、《翠屏山》、《大劈棺》等等，世來都接過來了。除了大戲，世來還有許多花旦小戲，什麼《打櫻桃》、《打灶王》、《打麵缸》、《小放牛》、《小上墳》等等。特別是他的《小上墳》，我們那時候在華樂有夜戲，觀眾簡直歡迎得不得了，真是紅得不得了。

毛世來便裝像　攝於上世紀四十年代

毛世來生於 1921 年，七歲入富連成科班，工花旦，兼演武旦。原籍山東掖縣，久居北京。受業於蕭長華、于連泉、王連平。曾拜師梅蘭芳。在科班學習時期即已享名，曾被選為「四大童旦」之一。

在談到毛世來的這齣《十二紅》時，閻先生動情地說：

世來的功底好，他又喜歡武功，像摔踝子、趴虎、倒縶虎、搶背，這些一般花旦很少用，可以說根本用不著的武功活，他都有勇氣肯練，而且練得很好，刀馬、武旦的戲他都敢唱。他敢演《十二紅》(《五鬼捉劉氏》)，這戲裏的拋叉、接叉難度很大。那年童伶選舉，李世芳被選為童伶主席，毛世來是旦角童伶第一名。後來又成為「四小名旦」(李世芳、毛世來、張君秋、宋德珠) 之一。可見他受歡迎的程度。

後來，尚小雲先生來到社裏，給排了不少新戲，青衣戲是世芳的，花旦戲是世來的。世來對富連成的中興，可是出了力的。說他出了力，是因為他不僅有那許多大戲，而且花旦戲比較全面，又有武戲，天天盯著演，富連成的名聲又漸漸起來了。凡熟悉富連成的，沒有不知道毛世來的，這個功不可沒。

「富連成的座兒又上去了」，給富連成帶來了中興，毛世來的這齣《十二紅》，也起到了巨大的貢獻。在北京唱紅了，毛世來又帶著這齣戲去了上海。當年的《申報》在宣傳此戲時說：

章遏雲、楊寶森等出演黃金兩月有餘,將於五月七日期滿矣,成就可觀。繼章遏雲之後者毛世來等,不日即可抵申,黃金決留閻世善、貫盛習蟬聯一月,以期富連成四科、五科精華,獲相得益彰之妙。爰將其全隊陣容布露於左,諒亦為顧曲者所樂聞也。

毛世來,年二十歲,去年出演黃金時,曾予滬人極好印象,《十二紅》一劇,久絕歌壇,端賴世來而能繼續生存,蓋斯劇劉氏被擒時,連摔三個殼子,此為今日旦行中任何人所不能。其他如《英傑烈》、《小放牛》、《馬思遠》等劇,均有口皆碑。返平後格外奮發,每日弔嗓練功說戲,孜孜不倦,並從名書畫家袁同叔及陳半丁習書畫,袁君以世來之楷書,筆力遒勁,已有唐人寫經神韻矣。迭在長安、慶樂、新新、吉祥出演《金瓶女》、《玉虎墜》、《全本穆桂英》(自射雁起至天門陣止)、《紅梅閣》等劇,已有每貼必滿之勢,此番來滬,吾人更當刮目相看。

（見 1939 年 4 月 30 日《申報》18 版呂弓文）

劇評家丁秉鐩在《菊壇舊聞錄》中撰文談及毛世來,說道:

小翠花有出《雙鈴記》,不貼則已,每演必滿,哄動九城。而毛世來卻也步武前賢,把這齣戲演得十分深刻有度,興會淋漓,尤其最後騎木驢遊街一場,臉上的痛楚表情,令人拍案叫絕。

毛世來還有一齣拿手戲,是他自己所排,並非仿自小翠花的,就是《十二紅》。這齣戲也是老本子,不過當初連小翠花在科班裏時都沒動過,也可見毛小五的心胸要強了。這齣戲的劇情,(我)已記不大清楚了,反正還是如景孤血所說的「血粉戲」。這一次謀害親夫完了,不由人間清官審判啦,而改由陰曹懲罰。閻王那裡派來五鬼活捉淫婦,有滿臺飛叉、跑臺的情節。毛世來不但有「烏龍攪柱」這些武功,而且踩著蹻走搶背,摔踝子,全部出籠。這齣戲在科班初排時,便連演幾天滿座,挑班以後,更視為撒手鐧,是發包銀的戲。

毛世來有這幾齣拿手好戲,可以說是小翠花以次,花旦界的翹楚人物。他是在民國二十七年(1938)春天出科的,緊接著就隨李萬春去了一次上海。李萬春很捧他,也是衝著毛慶來,愛屋及烏。自滬返平後,五月十三日正式挑班,班名和平社。

毛世來在四小名旦裏,挑班最早,受罪也最早。因為花旦戲究竟不多,

連小翠花都是經常和余叔岩、馬連良、高慶奎這些名老生，或與楊小樓、尚小雲等合作，偶而自己挑班露一天。何況毛世來比小翠花的藝事與聲望，還差一大塊呢？日久天長下來，便上座衰落，不能維持票房的良好紀錄了。

當時的婦女界和大學生們都喜歡看毛世來的戲，紛紛組成「捧毛黨」給毛世來助威。剛發行的《半月劇刊》就在第一期上發表了詩人茆吾的一首七律《詠男旦童伶毛世來》：

> 霧鬢雲鬟效謝姿。世來譽滿大邦時。蓮鉤蹴動如還往。翠黛顰凝若有思。秋水流情神欲醉。春風送媚意偏癡。俏容妙技相兼美。淡抹濃妝總得宜。

在第十三期上，也刊有《詠毛世來蹻功》的《竹枝詞》數首：

> 紅氍毹上表炎涼。一院爭誇毛五郎。秋水春風生百媚。滿城播得姓名香。

> 可人態度自天成。一笑顏開百媚生。學得輕盈掌上舞。蓮花卸瓣墜無聲。

**毛世來（右）與李世芳（左）合演《花鈿八錯》的劇照
攝於上世紀三十年代末期**

此照片一度存於北京大學京劇社。毛世來是繼劉盛蓮之後，富連成的當家花旦。像《烏龍院》、《雙釘記》、《雙鈴記》（《馬思遠》）、《翠屏山》、《大劈棺》等等，世來都接過來了。他與李世芳同時當選「四小名旦」，在齊如山先生引見之下，同時拜梅蘭芳先生為師。

　　毛世來對自己的這齣《十二紅》，也是相當滿意，他在自己的《回憶錄》
中說：

　　　　1938 年 3 月，我在上海演出後回到北平，徐蘭沅先生和韓佩亭
　　　（給梅蘭芳先生管服裝的師傅）先生很器重我，就把「和平社」的
　　　社名給了我。那時候要啟用新的社名得經過梨園公會的備案，非常
　　　費時費力。我正好想組織自己的新社，因此就高興的接受了下來。
　　　不久，由我的三哥毛盛榮出面，聯絡了一些「富連成」的同學好友，
　　　重新豎起了「和平社」的大旗。

　　　　我們社裏有徐蘭沅先生的兒子徐元珊（武生）、高盛麟、貫盛
　　　習、江世玉、艾世菊、沙世鑫，還有陳喜興、何佩華等老演員，一
　　　共有五十多人。有了自己的班社，還得有個落腳的地方，經過徐蘭
　　　沅先生出面打官司，才把已經做了倉庫的「廣德樓」盤了回來。這
　　　樣，廣德樓就成了我們的「實驗劇場」，我們每天練功、排戲和演出
　　　都在這裡。

　　　　1939 年 6 月，我帶領「和平社」去上海黃金大戲院演出。這一
　　　期，袁世海、高盛麟、裘盛戎、貫盛習、江世玉、艾世菊、沙世鑫
　　　都在班社，我們這些「富連成」的年輕派可謂是「陣容強大」。在黃
　　　金大戲院這近兩個月的演出中，我們上演了幾十齣傳統劇目。

（見毛世來著《我的藝術生涯》）

　　在他保留的《演出日記》和報紙評論中可以看到，那次演出全部《十二
紅》一劇，是放在第一輪的最後一場才露演的。由艾世菊、劉斌昆佐以鹽梅。
前邊是沙世鑫、江世玉、貫盛習的《臨江會》；高盛麟的《麒麟閣》；裘盛戎的
《探陰山》；閻世善的《紅桃山》。當時造成的轟動，正如報紙所說：「震撼江
南，驚動滬申」。

　　抗戰勝利以後，國民政府倡導新風，開始整頓文化市場。馬連良、李萬
春、新豔秋都以漢奸罪被控法廳；不少有「誨淫誨盜」之嫌的劇目一概禁演，
《十二紅》即有迷信、又有色情，自然首列其中。從此以後，毛世來把這齣戲
的行頭就壓到了箱子底下，《十二紅》就再也沒有翻過身來。

　　解放以後，毛世來被排擠出京，調到長春市吉林省京劇團工作。1966 年，
文化大革命期間，毛世來遭到批鬥、抄家和殘酷迫害，全家被削去城市戶口，
押至永吉縣黃榆公社紅星大隊插隊落戶，當了農民。每日在貧下中農的監督

之下，進行勞動改造。所掙工分，全然不能糊口。一年當中，竟有半年吃粥。直到 1978 年 5 月，他才獲得平反，返回城裏。奈何，由於過於興奮，導致突然中風，患了腦血栓，而半身不遂，臥床不起。就這樣，一位身懷絕技的名演員淒然病故時，享年七十有三。

　　　　　所附劇本《頭本十二紅》係根據 1926 年王大錯編著《戲考》
　　　　　　　　第二十二冊整理。請見本書下卷。

《也是齋》——
從《也是齋》談到小桂鳳和楊桂雲

　　《也是齋》這齣戲的名字很多，也有貼《百萬齋》，也有貼《皮匠殺妻》的，有的乾脆的簡稱為《殺皮》。

　　這齣戲的故事情節很簡單，演的是件市井平民發生的事情，並無朝代地點可考。寫某個城市中有一個做鞋的皮匠姓楊名虎，因本名大號無人稱呼，久而失去，都叫他楊皮匠。他開了一爿鞋鋪，名叫「也是齋」。早年間，開小賣買的大都仿傚讀書人的書房，給自己的門面起個什麼「齋」、什麼「軒」的雅號。例如「步瀛齋」「駐足軒」，一直沿用至今。

　　這位楊皮匠平時在裏間屋裏做鞋，皮匠的老婆在外間兒站櫃臺，招呼顧客。衙門裏有個書吏名叫岳子齋，為人不老誠，平日就愛拈花惹草的。這一日，他在街上閒逛，看到皮匠老婆生得年青漂亮，就走進「也是齋」假裝買鞋，藉故與皮匠老婆調情。皮匠老婆生性風流，也不安份，二人眉來眼去，指東說西，一拍即合，勾搭成奸。每每在皮匠外出之時，岳子齋便來「也是齋」與皮匠老婆幽會。

　　此事被皮匠的弟弟楊盛公看破，他私下裏把這件事告訴了皮匠。皮匠惱怒，但又不知如何處理。楊盛公就與他定計捉奸。這一日，皮匠假裝外出，岳子齋又來與皮匠老婆幽會，他兄弟二人伺機打進房來。楊盛公一刀殺死了奸夫岳子齋，接著，二人又追殺皮匠老婆。皮匠老婆披頭散髮，半裸著身體，滾在地上乞求饒命。皮匠心中不忍，而其弟楊盛公分外兇狠，一刀將皮匠老婆殺死，並且割下二人頭臚作為證據。兄弟二人前去官衙投案自首去了。

　　據說，這個故事出自袁子才的《子不語》一書。《子不語》裏面有一段故

事，說一個婦人和人私通。她丈夫的弟弟素來愛看《水滸》，最羨慕梁山好漢行者武松的為人，自己也夢想有一日成為像武松一樣的大英雄。有一天，嫂子的私情恰好被他看見，即同哥哥黑夜抓奸，把他嫂子當成潘金蓮給處置了。他自己成了武松，可他的嫂子死得甚是淒慘。後來，他嫂子的陰魂附在了小叔子的身上，要報冤索命。旁邊有人說道：「書中的武松殺嫂，是因為其嫂殺兄，你這個嫂子沒有弒夫之罪，和潘金蓮的罪有輕重之別，看來你是錯了。」這個女鬼一聞此言，便借著他小叔子的身軀，向這個說話的人連連磕頭，說道：「畢竟還有明白人兒在這兒主持公道。」於是，她就把小叔子弄死了。這件公案，正和《也是齋》中楊盛公的所作所為一般無二。

煙畫《百丑圖》《也是齋》之皮匠　上世紀二十年代上海華成煙草公司出品

上世紀二十年代，《也是齋》這齣戲演得格外火炙。因此被煙草商看上，將劇中人物畫在煙畫上，當作小廣告廣泛分發奉送。使皮匠這一角色的扮相得以保存至今。皮匠畫小花臉，戴藍氈帽，王八鬍鬢口，穿藍布褂、青鞋子，繫大帶，蠢笨無比。

　　這是一齣典型的「血粉戲」，自京劇誕生之日就有演出記錄。光緒年間，一位署名「醉薇居士」的人以戲名為題，作過一百首律體五言八韻詩，集成《日下梨園百詠》。民初，天津衛出過石印本子。其中有一首詠《也是齋》的詩，描述戲中的關目十分詳細。現作為史料照錄如下：

　　　　《也是齋》名好，雙扉鎮中開。傾舷知彼醉，納履有人來。波
　　暈頻頻展，風情脈脈猜。室中佳客在，門外莽夫回。險被機關識，
　　權將笑話陪。楊花懷本性，棣萼羨多才。鴛夢魂驚夜，鸞刀血染埃。
　　除奸昭義憤，莫再戀樽罍。

　　足證，在清末時期，《也是齋》這齣戲唱得是十分紅火的。這齣戲本身沒有什麼唱，全都在於表演，更在於表演中的「絕活兒」。著名編劇陳墨香先生在三十年代撰寫的《觀劇生活素描》一書中，詳細地描述了《也是齋》一劇的演法兒。

　　　　頭場上小花臉，扮的是朝邑書吏岳子齊，戴荷葉巾，穿綠褶子。
　　他上來念〔西江月〕半闋。表完家門，唱〔西皮搖板〕下。二場，
　　繡簾一揭，花旦皮匠老婆上場，梳著大頭，戴些草花，滿面脂粉，
　　穿一身藍布襖褲，唱〔西皮搖板〕兩句，念話白，報家門，然後叫
　　起來，唱〔西皮原板〕三句，掛出鞋鋪的招牌，再唱〔搖板〕一句
　　收住，坐櫃檯。若問做的什麼買賣，原來開的是鞋鋪。這時，上岳
　　子齊，進店假意買鞋，說了好些不相干的語言。三場，這兩人成了
　　事實。四場，上皮匠，是二花臉應工，小花臉抱演，藍氈帽，布箭
　　衣，忘八胡。這小子帶酒回家，衝散野鴛鴦，皮匠妻把那人兒從後
　　門放走。幸而沒露馬腳。五場，小生扮皮匠之弟楊盛公上。青羅帽、
　　青箭衣，石秀的扮相，也是石秀的人性，被他窺破隱情，和忘八定
　　計出氣。六場，皮匠妻和岳子齊幽會，楊氏兄弟二人打進房門來了。
　　皮匠妻披頭散髮，穿著小紅襖，敞著懷，露著大紅兜肚，滾在地下
　　爬起來，同岳子齊奔下場門，做出從後門逃走的模樣。皮匠攔住去
　　路，姦夫淫婦仍復折回，楊盛公用刀漫皮匠妻的頭。皮匠妻一掄散
　　髮，從上場門倒下，他兄弟二人殺了姦夫。七場，自古道殺姦殺雙。
　　丈夫和小叔已把姦夫殺掉，焉能饒得了皮匠妻！只見皮匠妻用手理
　　著頭上的散髮，從下門場倉惶逃上，向上場外犄角一撲，一掄散髮

向下場裏犄角一退。楊盛公追來，用力一拍皮匠妻的肩膀，踢一腳，皮匠妻又掄散髮，望上場外犄角一個搶背翻過去。

楊盛公用刀漫頭，皮匠妻從下場門跑了，小叔子追下。八場，皮匠妻從上場上，楊盛公追踢照前，皮匠妻掄散髮，翻筋斗，也照前。只前一場是從下場往上場外角翻，這一場是從上場往下場外角翻。方向不對，起範也是兩個筋頭兒，可也差不多。楊盛公又漫皮匠妻的頭。上皮匠，三人編辮子。皮匠妻抄到小叔子面前，皮匠抄到他兄弟身後。皮匠妻跪下，楊盛公一手揪皮匠妻的手腕子，一手舉刀。他們兩個腳走，皮匠妻膝行。從上場裏犄角斜走過來，楊盛公歸中場站定，忘八倒在上場，皮匠妻倒在下場。皮匠妻跪起連掄散髮帶磕頭，哀求饒這一刀之苦。忘八心已軟了，楊盛公不依。這一段的路子跟《石秀殺山》大同小異。皮匠妻撲忘八一抱。楊盛公從左劈開，這夫妻二人撲在左邊，又是一抱。楊盛公從右劈開，夫妻歸右。楊盛公歸左，起刀花剁皮匠妻的頭。皮匠妻躲刀銜髮，連掄散髮帶磕頭，哀求饒這一刀之苦。忘八心已軟了，楊盛公不依。這一段的路子跟《石秀殺山》大同小異。皮匠妻撲忘八一抱。楊盛公從左劈開，這夫妻二人撲在左邊，又是一抱。楊盛公從右劈開，夫妻歸右。楊盛公歸左，起刀花剁皮匠妻的頭。皮匠妻躲刀銜髮，抱刀圓場。楊盛公的刀在皮匠妻粉頸上一橫，皮匠妻殉了姦夫的節。他兄弟們提著男女首級報官。這齣起了尾聲。

這齣戲由兩個小丑、一生、一旦擔綱演出。最後一場戲，旦角披頭散髮，在兩名持刀男人的追逼下，一通跌、撲、滾、摔，翻跟斗、走跪步、蹉步、烏龍攪柱，劇情緊張，十分吃功。沒有武功的花旦是難以勝任的。前有筱翠花，後有毛世來，皆以此劇為能戲，紅極一時。劇中的岳子齋是個有文化的淫棍，蓄意勾引婦女，由「邪癖丑」應工。而皮匠一角凶憨癡楞，愚不可及，是由武二花和丑角兩門抱。楊盛公為武生扮演。演員須功力老道，尤其在皮匠殺人之前，見老婆哭得可憐，復生惻隱之心，三人「編褂子」，「漫頭」，與老婆的一抱、二抱、三抱，情之無奈，護之不及的一連串動作和表情，非一般小丑所能演得。有一個時期，戲班在演出這齣戲時，加入了「血彩」。當場割下兩個假人頭，整個舞臺氣氛極為恐怖。

煙畫《百丑圖》《也是齋》之岳子齋　上世紀二十年代上海華成煙草公司出品

《也是齋》岳子齋的扮相只能在香煙畫片上看到。勾小花臉，戴荷葉巾，穿花褶足下朝方，拿扇子。當年名丑克秀山、趙仙舫同路三寶常演此戲。

這齣典型的「血粉戲」，在清末有文字可考的，是名伶小桂鳳，他唱這齣《也是齋》最為紅火，他演皮匠妻的時候，是譚鑫培陪他演楊盛公。

小桂鳳姓田，本名田桂鳳，字桐秋，北京人。他生於清同治九年（1866），自幼寫入永勝和梆子班學習花旦，後來又兼習皮簧。出臺後，常以梆簧「兩下鍋」的形式演出。田桂鳳在青少年時代生得十分清秀，扮相俊美，一出場便神采飛揚，而且白口流利，深為捧客褒揚。光緒初年，田桂鳳曾去上海演出，一炮而紅，頗受觀眾歡迎。滬上文人甲左夢畹生編撰、小藍田侍者參校的《粉墨叢談》一書，對田桂鳳的色藝讚揚備至。文中寫道：

> 小（田）桂鳳，山左人，姓田字桐秋。年二十許，明眸秀麗，
> 愛好天然，《紅樓夢》中薛寶琴也。癸未仲秋始來滬上，掛名天仙部。
> 每當裝束出簾，喝采聲無異天驚石破。桂鳳則無矜持態，無羞澀容，

溫柔旖旎之中，仍寓嫻雅從容之度。吳興藝蘭生見陸小芬演《折柳》
一劇，謂其粉膩脂柔，足令李郎情死。倘令桐秋演此，更不知顛倒
若何也？泊濃妝既卸，徐步下臺，曳白綃衫，握班姬團扇，柳陰徙
倚，飄飄欲仙，雨後白芙蕖，恐亦無此鮮媚。安得置之控鶴監中，
使池上六郎相顧失色哉。

夢畹生還有《贈小桂鳳》詩一首，時人廣為傳詠：

> 綺遊如夢復如雲，小閣呼燈夜乍分。桂府群仙乘月訪，鳳城舊
> 曲隔花聞。秋邊摩笛調瓊尺，醉後題詩寫練裙。我亦蘇州狂刺史，
> 愁腸惱亂半因君。

田桂鳳之戲裝照　攝於光緒末年

田桂鳳（1866～1931）字桐秋，北京人。演花旦。以善於刻畫舊社會中下層青年婦女
而著稱。早年常與譚鑫培合作，時譚已享盛名，田常與譚互演大軸，以《關王廟》、
《王小過年》等戲壓臺而觀眾不散。擅演《鴻鸞喜》、《拾玉鐲》、《烏龍院》、《雙釘記》
等劇目。中年以後不常演出，但熱心公益，時演義務戲。

　　田桂鳳以善於刻畫舊社會中下層青年婦女而著稱劇壇的。早年與譚鑫培
合作時，二人經常互演大軸，如《鴻鸞喜》、《拾玉鐲》、《烏龍院》等劇目，極

受歡迎。他能以《關王廟》、《王小過年》等小戲壓臺，而觀眾不散，足證他的號召能力之強。當時的名伶都願意與他配戲，有記錄的演出，如《雙釘記》，田桂鳳是與金秀山，高四保，陸金桂，羅壽山，趙仙舫；《戰宛城》是與黃潤甫，張永清，錢金福，董鳳岩，譚鑫培，侯春蘭，胡素仙，朱玉康，王長林等人合作。那真是珠聯璧合，轟動一時。時人讚其：

> 「田桂鳳自同治以至光緒初，其大名鼎鼎，實在汪桂芬、譚鑫培之上，至田桂鳳之前，無由以花旦演大軸者，然彼以《關王廟》、《送灰麵》等戲演於譚後，而觀者無去者，可知其叫座能力。」又稱：「自田桂鳳出，而花旦幾與鬚生為敵體，桂鳳姿容秀媚，做工細膩熨貼，尤能動人，常與譚鑫培演《烏龍院》、《翠屏山》等劇，當時稱雙絕。」

田桂鳳成名之後，嗜煙如命，而且日愈發胖，中年以後便不常演出了。但他熱心公益活動，只要有義務戲一定參加。

除田桂鳳之外，楊朵仙、楊小朵、路玉珊、王巧雲、余莊兒、郭際湘、胡二立等一班花旦名伶，也都演這齣戲。相較之下，余莊兒既余玉琴演得也相當出色。

余玉琴比田桂鳳小一歲，生於同治十年（1867），名潤卿，字蘭芬，號紅霞，潛山人。因小名莊兒，後來就成了劇評家的愛稱。余玉琴是武淨余順成的幼子，幼年隨父在蘇杭一帶學戲，後來拜名旦夏天喜為師，十八歲來到上海搭班。《粉墨叢譚》一書也記有他初次登場時的情況：

> 甲申（光緒十年1884）六月，玉琴初至申江，於丹貴戲園演《畫春園》、《白水灘》、《泗州城》，尤工《跑馬賣藝》，鶯捎燕舞，錦簇花團，燈下觀之，幾令人神搖目眩，及扮《海潮珠》之崔杼妻，《鐵弓緣》之秦夫人，則又橫波流媚，冶態欺花，史湘雲醉臥芍藥陰，未必有茲妍媚，真優孟中全材也。太癡愛之深，每入梨園，必呼令篷坐，玉琴亦傾心相與，無異飛鳥依人。其殆三生石上具有夙緣者歟？

書中還有詩人太癡生以梅花相喻《贈余玉琴》的絕句一首：

> 紅酥為骨玉為肌，個是超群軼世姿。天地莽莽知己少，孤山暮雪最相思。

余玉琴成名後，於光緒十五年（1889）創福壽班，十九年（1893）又創小

福壽班，掌班時間甚久，經昇平署推薦，成為內廷供奉。光緒二十六年（1900年），八國聯軍入侵時，余玉琴到上海避亂。亂平，奔赴河南「迎駕」，甚得光緒喜愛。歸京後，朝廷嘉賞益多。民國元年（1912），他與田際雲、楊桂雲等人一起發起組織「正樂育化會」，取代了前清的「精忠廟」，並創立了一個在京藝人生活福利基金，做了不少善事，在梨園界口碑甚佳。至於他在舞臺上扮演的人物，與他平時的為人做派，實有天壤之別。

在舊日的評論中，對《也是齋》這類戲批評甚多，說這類戲情藝穢恐怖，但也有人認為這類戲警戒人心的作用。相傳民國初年，有人和鄰居家的婦女有些勾當，因為看了這齣戲後，便改邪歸正，與鄰婦斷絕了往來。鄰婦又另姘了一個男人。沒過多久，竟被鄰婦的丈夫所殺，釀成命案。事後，先前的那個人摸著脖子說：「多虧我聽了這齣《也是齋》，幡然醒悟，要不然，今天我就完了。」

這樣一看，花旦戲、兇殺戲也不一定誨淫誨盜，也予人心世道有益。三十年代，有個自號「天然」的詩人，看過《也是齋》後，作了一首七言絕句，發表在《北洋畫報》上：

曾將冠冕換新妝，悟到人生有幻場。披髮一般哀郢志，傷心重唱柳枝娘。

關於《也是齋》的劇名也有一段故事，說這齣戲原本名叫《百萬齋》，取鞋鋪係小本生意，老闆夢想發財的願望。但是，這個戲名在民國初年還鬧過一場法律糾紛。北京崇文門外花市有一鋪戶，賣的也是鞋，掛的招牌也叫「百萬齋」。掌櫃的不在家的時候，也是由內掌櫃的在櫃檯前招呼買賣。前門大柵欄一貼演這齣戲，花市的這家掌櫃的就急了。寫了一張狀子告到了民國法院，說我家的招牌傳了三代，戲班用這個字號，是故意咒他的徽頭。對此，戲班也無可辯白，於是，承擔了原告的訴訟費、律師費，賠禮道歉，把戲中的店名就改做「也是齋」了。因此，這齣戲也就改成《也是齋》了。但是，也有人不怕觸徽頭，反而說「越徽越紅火」。大柵欄路北緊靠門框胡同新開張的一家茶館，還沒有起名兒。一見廣和樓貼出了《也是齋》特別上座兒，便依樣畫葫蘆，給茶館起名「也是樓」。因字號新奇、耳熟能詳，每天招得賓客滿堂，大發利市，好不熱鬧。有人問掌櫃的：「幹嘛非起這個名？」掌櫃的笑著說：「反正俺們賣茶，又不賣鞋，怕什麼？」

鑒於《也是齋》這齣戲的火實，有的編劇就想把它鋪衍成大軸戲，就續編了《後部也是齋》，與前部合在一起則叫《全本皮匠斬妻》：

（皮匠妻被殺之後，）先上幾個兇惡鬼卒，再上皮匠妻和岳子齊的陰魂。岳子齊換個小灑髮，皮匠妻披髮照前，男女都加上白紙鬼髮。兩個怨鬼和鬼卒撞著，被鬼卒又上一陣，拿去見冥王。再跳判官，冥王升殿，鬼卒把男女淫鬼牽來，跪在冥王面前。皮匠妻訴出情由，冥王先把岳子齊押下地獄，然後給皮匠妻帶上枷鎖，派鬼卒牽著她去見楊盛公。再上楊盛公，被女鬼附了體索命而亡。再上冥王，女鬼拉楊盛公去到森羅，冥王說楊盛公雖然多事，一死已是蔽辜，賞給路引準做遊魂。皮匠妻一生淫邪，押下無間地獄受苦。擺起刀山劍樹、銅床鐵柱，種種慘酷刑具，鬼卒們打著皮匠妻一一的去苦挨，戲便完了。

同行們認為這個主意不錯，拿著本子向荀慧生推薦。說《坐樓殺惜》的閻惜姣，《翠屏山》的潘巧雲，《戰宛城》的鄒夫人，都是他的拿手好戲。再排出全本的《皮匠斬妻》也很不錯嘛。荀慧生說：「這路老玩藝不很時興了，我的戲夠唱了，缺少這齣也無妨。另外，我嫌這個皮匠女人太上當了，所以不願演唱。」這種講法，很代表一些旦角演員的想法，認為演這路戲太糟蹋人。

近代只有筱翠花、毛世來唱這齣戲，坤角們竟無一人願意碰它。一是不合乎潮流，而且與《十二紅》、《五鬼捉劉氏》太相似，大有落入俗套子之嫌。當然，其中還有個功夫問題，沒這類功夫，也不能演這齣戲。所以，《全本也是齋》一直沒有貼出來。陳墨香先生說：

《皮匠殺妻》這齣戲用人不多，一個小生，一個二花臉，一個小花臉，一個花旦，三個男的，一個女的，就算夠了。都算正工，並無配搭，前半齣是小鑼很是幽靜，後半齣是大鑼又極火熾。花旦唱工寥寥，做工卻極其繁重，並且毯子功夫也是要緊，大翻活人，不是鬧著玩的，總算編制得法。所以能感動觀客，戒淫免禍，收了不可錄的功效。若是這般增補，神鬼滿眼，倒落了俗套，不如原本精悍。

1932 年，民國政府在當時的第二首都南昌，發起了主旨推行國民教育的「新生活運動」。以「禮義廉恥」為中心將其貫徹結合到日常生活的「食衣住行」各個方面。要做到的，不僅是表面的市容清潔、謹守秩序，使人民改頭換面，具備「國民道德」和「國民知識」，從根本上革除陋習，「要改革社會，要復興一個國家和民族」。因之要在全國推行「三化」。這「三化」就是「生活藝

術化、生活生產化、生活軍事化」。所謂「藝術化」，就是要以「藝術」為「全
體民眾生活之準繩」，告別「非人生活」，力行「持躬待人」，提倡以傳統的「禮、
樂、射、御、書、數」六藝為榜樣，以藝術陶養國民，以達「整齊完善，利用
厚生之宏效」。

余玉琴的戲裝照（《斷橋》飾青蛇）　攝於清光緒二十年

余玉琴（1867～1939），名潤卿，字蘭芬，號紅霞，潛山人，小名莊兒。清末民初的
著名京劇花旦、武旦。余玉琴八歲隨父學戲，拜名旦夏天喜為師，光緒十五年（1889）
創福壽班，光緒十二年（1886），到北京入四喜班。首次登廣和樓，與譚鑫培、時小
福同臺演出，技藝精巧，配合默契，舉座皆驚。二十三年（1897）建廣興園，為「內
廷供奉」，最得光緒帝寵悅。

　　這場運動在各級政府的倡導下發展的很快，最先被動員起來的是學生，
他們走上街頭大力宣傳，並以實際行動向社會上的不良現象作鬥爭。一開始，
他先要破除「奇裝異服」、維護公共衛生，不准隨地吐痰、不准隨地大小便、
不准宣傳封建迷信，即而搗毀卦攤、香蠟鋪，不准大操大辦紅白喜事，不准

大吃大喝、鋪張浪費。焚毀《金錢課》、《推背圖》、《金瓶梅》、《肉蒲團》等荒誕淫書，要求地方政府取締妓院、賭場。政府配合，一時間市井風貌煥然一新。接著，鋒芒所向直指茶僚酒肆、書館歌樓。舊書、舊戲、舊娛樂都成了「新青年」們關注的目標。

　　1935 年的一天，湖北長沙發生過大學生遊鬥京戲班的事情。起因是一個跑碼頭的戲班，在鬧市區的戲園子裏貼演《殺子報》和《也是齋》，被正在糾察市容的學生們拿獲。他們搗毀了戲園子的海報，扯住前臺的經理和戲班的班主去市民政局理論，前臺經理不服氣，被學生當場指責為「破壞新生活運動，宣傳恐怖色情」，當著圍觀的群眾開了一場鬥爭會，會後勒令戲班改戲！這件事得到了社會輿論和市政府的全力支持，不幾日，市政府便正式發表《公告》，「禁演《殺子報》、《也是齋》、《馬思遠》等壞戲」。此事見著於《長沙大事記》上卷。

　　在運動的推動下，各地政府對戲劇演出市場也進行了全力的整頓，對「不良戲劇」一概禁演。在國統區有文可考的禁戲極多。《也是齋》均列其中。後來，因為日寇的入侵，國民政令難以貫徹實施，不少禁戲便又死灰復燃。直到解放軍攻佔北平，是年三月二十五日，《北平新民報》刊登了《中國人民解放軍北平軍事管制委員會文化接管委員會禁演五十五齣含有毒的舊劇》的公告，《也是齋》才被正式趕下舞臺。迄今，這齣戲再也沒有露過面兒。

　　有關《也是齋》的戲曲資料，留至而今的少之又少，戲劇正史也沒有這齣戲的記述。筆者生之亦晚，更沒見過這齣戲，諮詢過一些內行朋友，他們也都談不出個所以然來。筆者僅從舊日所積存下來的零星文字湊成此文。年前，又有幸在加拿大的亞洲圖書館找到了一本二十年代刊行的《戲考》，內中有這齣戲的劇本。特附於文後，以供有興趣者豹窺一斑。

附：《也是齋》（皮匠殺妻）劇本，
係根據 1923 年王大錯編著《戲考》整理。見本書下卷。

《戰宛城》──
從《戰宛城》談到荀慧生、侯喜瑞

　　《戰宛城》是一齣著名的京劇傳統劇目，是《三國》戲中的一枝奇葩。由於作者的精心組織和穿插，以及數代名伶的刻意推敲琢磨，使這齣原本以叱吒風雲、鐵馬金戈的戰爭為主題的歷史劇，巧妙地摻入閨幃脂粉的春色和英雄氣短的無奈。使全劇充滿了詭譎風雲和繽紛的彩雨，吸引著無數的觀眾，久演不衰。

　　《戰宛城》這齣戲的人物眾多，角色齊全，生、旦、淨、丑，雲聚一堂，唱、做、念、打，各有其妙。戲中人物各有各的戲，各有各的絕活兒，魚龍幻化，盡展奇姿。因此，它也是各個行當、各個流派的名伶高手們爭強鬥勝、競藝顯雄的絕佳劇目。戲一開場，自曹操「坐帳」、「上曹八將」、「發兵」、「馬踏青苗」，直到「打城」，兩軍交戰、開打，都是刀光劍影，鑼鼓鏗鏘，熾烈火爆的大場面。而「張繡投降」、「曹兵入城」之後，音樂氣氛一轉，起小鑼，上旦角，頓時滿臺春風，香透羅幃，演起了一場曹丞相「因色誤國」的鬧劇。劇情的詭譎多變，如奇峰兀起，江水倒流一般，把觀眾就引入了起伏跌宕的戲劇畫卷之中。正因如此，《戰宛城》較之一般故事劇就更有色彩和魅力。

　　這齣戲的內容取自《三國演義》第十六回和第十七回，既《呂奉先射戟轅門，曹孟德敗師清水》、《袁公路大起七軍，曹孟德會合三將》中，爭奪宛城一事。這一年正值建安二年（197）的春天，曹操率軍討伐宛城。守城張繡見曹兵強大，接受了賈詡的勸告，投降了曹操。曹操非常高興，帶了侄兒曹安民上街閒逛，不經意間看見一位女子頗有姿色。曹操心動，回到館舍，命曹安民前去打聽是誰家的美人。曹安民報知，此婦人乃張繡叔叔張濟的遺孀，

曹操頗感惋惜。曹安民知道曹操的心事，便說：自古寡婦再嫁，天經地義，做侄兒的怎能干涉嬸娘的婚事呢？曹操聽了，大為欣慰。當晚，曹安民帶兵把鄒氏接到帳中。因情慾的需求，大政治家、軍事家在情色面前也失去了理智。《三國演義》對這一段寫得頗為有趣：

> 一日操醉，退入寢所，私問左右曰：「此城中有妓女否？」操之兄子曹安民，知操意，乃密對曰：「昨晚小侄窺見館舍之側，有一婦人，生得十分美麗，問之，即繡叔張濟之妻也。」操聞言，便令安民領五十甲兵往取之。須臾，取到軍中。操見之，果然美麗。問其姓，婦答曰：「妾乃張濟之妻鄒氏也。」操曰：「夫人識吾否？」鄒氏曰：「久聞丞相威名，今夕幸得瞻拜。」操曰：「吾為夫人故，特納張繡之降；不然滅族矣。」鄒氏拜曰：「實感再生之恩。」操曰：「今日得見夫人，乃天幸也。今宵願同枕席，隨吾還都，安享富貴，何如？」鄒氏拜謝。是夜，共宿於帳中。

（羅貫中《三國演義》第 16 回《呂奉先射戟轅門，曹孟德敗師淯水》）

《戰宛城》 天津楊柳青木版年畫 （二十世紀二十年代）

曹操圍攻宛城，張繡獻城請降。曹操進城後，由侄子曹安民陪同四處閒逛，與張繡的寡嬸一見鍾情，二人眉來眼去，烈火乾柴，頃刻成奸。這本是一部《三國》中少有的重墨趣筆，敷衍成戲劇，自然別有一番風趣。人們在看戲談論古今的時候，更有了饒舌的話題。因此，這齣《戰宛城》傳之甚廣。

　　曹操位高權重，春風得意，鄒氏新寡，寂寞思春，二人一拍即合，遂結露水夫妻，勝似漆膠。誰知，此事被張繡聞知，勃然大怒，擬再次反水，欲報此仇，便假稱軍心不穩，希望能把自己的部隊遷入曹營駐紮。曹操未加思索，欣然同意。是夜，張繡宴請曹操的心腹猛將典韋，將其灌醉，派大將胡車兒混入曹營，偷走了典韋擅用的兵器。而後調動兵馬，突襲曹操大營。曹軍大亂，典韋從酒醉中驚醒，獨自守在營門，死命抵擋，直至力竭身死。曹操攜鄒氏逃走，張繡追殺不止，曹操拋棄了鄒氏，落荒而逃。兒子曹昂、侄子曹安民皆被追兵砍成肉泥。鄒氏無從走脫，被張繡一槍刺死馬下。可憐紅顏薄命，一縷香魂委於溝壑。

　　關於京劇《戰宛城》的起源，研究者有多種說法。一說源自崑曲，因為崑曲老本中素有《醉韋》《盜戟》諸折。另有一說，《戰宛城》是從徽戲移植過來的（見《寧波崑劇老藝人回憶錄》）。徽戲的《戰宛城》是唱皮黃的，被京劇直接移植，也是很自然的事情。在京劇形成之初，《戰宛城》是由滬上名武生李春來率先搬演，剛一推上舞臺，便十分轟動。

　　提起李春來，此人頗具傳奇色彩。他原是河北新城人，生於咸豐五（1855）年，自幼寫入豐臺喜春臺梆子科班學習武生。藝成之後，南下赴滬演戲，最擅《伐子都》、《界牌關》、《白水灘》、《獅子樓》、《花蝴蝶》、《四傑村》之類的翻、打、跌。撲的武戲，影響日隆。前後主辦過春仙、春桂、桂仙等班社，最終成為南派武生的一代宗師。他排演《戰宛城》一劇時正值壯年，《刺嬸》一場的披靠、孝巾、甩髮的扮相和開打的槍花兒路數，都是李春來的首創。

　　據說北方演這齣戲，是譚鑫培從李春來那裡臺來的。因為老譚幾下春申，對這齣戲很感興趣，就把它端了過來，但自己並不常演。彼時，因為李春來生活上不甚檢點，與一位廣東巨賈的小妾有染而犯案，被租界的會審公堂判了幾年徒刑，下了大獄。《戰宛城》這齣戲在南方也就沒人演了，反而成了北方常演的劇目。據梨園史料記載，李春來出獄後，曾於宣統二年（1910）和民國十二年（1923）兩次來京，分別在廊房頭條大舞臺（第一樓故址）和天樂園（華樂園故址）演過《戰宛城》。老譚曾經很自豪地說：「這戲就我和眉毛（李春來）一南一北倆人唱。」後來，老譚把這齣《戰宛城》傳給了楊小樓。楊小樓又進行了多處修改加工，就「立」了起來，而且越演越紅。

　　清末名士醉薇居士所著《日下梨園百詠》中，有詠《戰宛城》（《刺嬸》）

詩一首：

感物情何限，春閨獨自愁，望風誰納款，玩月此登樓。客已雄
心滅，卿偏美盼留，魚軒看簇擁，枕鴛戀溫柔。玉帳機旋泄，瓊筵
計密籌。護身符敗矣，交頸夢醒不？勁旅中宵遍，名姝傾刻休。阿
瞞今喪膽，餘爐豈能收。

這齣戲的絕妙之處，在於生、旦、淨、丑諸般角色編排很格外整齊，給
不同行當的演員有著充份的表演空間和實實在在的「戲份」。生角的戲很重，
張繡一角可由文武老生應工，也可以大武生應工；其中，有著官衣的場子，
還有披靠的場子；文有唱、做，武有開打，非頭牌鬚生、頭牌武生不能勝任。
自李春來、譚鑫培而下，楊小樓、李鑫甫、余叔岩、麒麟童、馬連良、譚富
英、言菊朋、孫毓堃、高盛麟、厲慧良、李萬春、李少春、王金璐等，專擅
這一角色。旦角鄒氏，乃是這齣戲的「戲膽」，有獨場戲「思春」、有追殺戲
「刺嬸」，表演技巧頗為吃功。須有花旦、刀馬旦、刺殺旦的演技和上好的
蹻功、跌撲功才能勝任。老一輩的名伶中，男旦有賈璧雲、田桂鳳、路三寶、
楊小朵、水仙花（郭際湘）、荀慧生、筱翠花、芙蓉草、毛世來、宋德珠、
陳永玲，坤旦則有潘雪豔、雪豔琴、吳素秋、趙嘯瀾等人稱為上乘。大花臉
演曹操者，一人貫穿全劇，有戴相紗、著紅蟒的「坐帳」、「點將」、「發兵」、
「馬踏青苗」、「割髮代首」，還有穿開氅、執摺扇的「遊春」、「戲鄒」，及收
尾的「逃窟」，不僅要求演員做工地道、功架紮實、唱得有味兒、念白考究、
還要有丞相的威儀、心機的詭詐，及奸狡、貪婪、好色、失態的「滑稽」。
這一角色當數黃潤甫、侯喜瑞、郝壽臣、袁世海、景榮慶諸公為上。至於典
韋，必須是個大臉盤兒、大高個兒，好工架、好武功的武花臉方能入圍，如
穆鳳山、許德義、馬連昆等人才能勝任。曹安民雖然只有兩場戲，活兒不
多，但一向由班中大丑飾演，方能表現出他的特殊身份，早年間，蕭長華、
馬富祿、慈瑞泉、劉斌昆、艾世菊都曾演過這一角色，是謂「不以戲小而影
響其重也」。至於，大將胡車兒一向由頭牌武丑擔當。雖然只有一場戲，但
走矮子、起蹦子、學貓撲耗子，下兩張桌兒，種種技巧，非大腕兒不能為也，
武丑王長林、王福山、葉盛章、張春華等人都擅演這路活兒。其他，諸如曹
將、謀士、丫環等也都需硬裏子充任，方顯得整齣戲，是水冷冷的「一棵
菜」。

《刺嬸》　山東濰縣木版年畫（清代末年）

《刺嬸》是《戰宛城》全劇的最後一折。張繡率兵反水，殺了典韋，又殺入了曹府。
還在擁美而臥的曹操，倉惶起身而逃。鄒氏逃之不及，被張繡一槍刺死。這張出版於
清代末年的木版年畫，正說明此劇在民間流傳之廣。

　　正因如此，這齣戲的名稱很多。昔日的京劇一向是「角本位」的，因角
兒設戲，因角兒設名，也是無可非議的。譬如說，挑班的老生或頭牌的武生
主演此劇，其他配演名氣一般，多貼《戰宛城》。如果配演的鄒氏名氣很大，
與生行並掛頭牌，則貼《張繡刺嬸》。一個戲名罩著兩個大角兒。如果演曹操
的大花臉名氣很大，輩分也高，他的參演有對晚輩提攜的意思，或是由他挑
班，往往會貼《割鬚代首》以示突出。如果，這齣戲的旦角地位最突出，或是
只演下半齣，從鄒氏上場起，到「刺嬸」為止，乾脆就貼《刺嬸》了。如果只
演《醉韋》和《盜戟》，則是兩齣分別由武花臉和武丑擔綱的折子戲了，當初
許德義和葉盛章都單獨貼演過。

　　如果遇上大堂會、窩頭會、合作戲，賑災義務演出或大型祝賀演出，把
各班各行的好角兒集合在一起演這齣戲時，一定要貼《大戰宛城》，以助聲勢。
早年譚鑫培、田桂鳳、黃潤甫、王長林等人經常合演，逢貼必滿。以後的楊小

樓、余叔岩、馬連良、譚富英、高盛麟、李萬春、李少春、王金璐、筱翠花、荀慧生、毛世來、陳永玲、侯喜瑞、郝壽臣、馬富祿、葉盛章、張春華等人分別合作演出此劇，那真是群英薈萃、滿臺生輝，劇場都貼《大戰宛城》了。數十年來，這戲無數次的演出，只要有一位角兒的更變，就會引起戲迷再次觀賞欲望，百看不厭，常看常新，全不會有膩煩之感。

　　過去，《戰宛城》一劇一向被列為色情兇殺的「血粉戲」，屢屢被禁。早在光緒十六年六月，這齣戲就被清政府列為「永禁淫戲」。清室遜位之後，此戲才被解禁。問題出在鄒氏的表演當中。鄒氏是有身份的女人，高官的內眷，頗有地位。但她正值青春年華，難耐孀居孤苦，暗懷出牆之心。所以，她的扮相是在端莊富貴之中，帶有「輕浮的小家子」氣的。坐時節，如花倚欄，而因風搖擺；行時節，嫋嫋婷婷，時而左顧右盼；一對纖足，好似新折嫩藕；一雙玉腕，恰如待露嫩蕾。奈何獨守空幃，春長日永，寂寞難挨；一會兒背兒酸，一會兒大腿癢，總覺周身不適；一會兒有情無緒，昏昏欲睡；一會兒杏眼匕斜，春情難遣。在綿長的行弦中，演員把少婦思春的種種神態，以及內心活動，通過很細膩的動作和面部表情的微妙變化都要描畫出來。這一場的劇本只有「思春」兩個字的提示，而好的旦角做起戲來，則綺麗多彩，雲霞滿臺。

　　筆者在 2003 年秋天，在加拿大溫哥華的人類學博物館觀看了宋長榮先生表演的這折戲，戲中還加上了一段鄒氏睡不著覺，看供桌上「鬧耗子」的一節。一對小白鼠躥上躥下的「鬧春」，更惹出鄒氏思春的滿腔煩惱，時驚、時怯、時訕、時羞，「千種風情，更與何人說」。事後，我詢問宋先生這段戲的來源。他說：「解放後，國內為了淨化舞臺，這類戲很少演了。即使演，這種演法也都去掉。我這是從陳永玲先生處疊來的『筱派』演法。據說，老一輩演員演得更為『花稍』。」

　　已故名票「筱派」傳人閻仲裔先生曾說過，這場戲的最早的演法是很「邪乎」的。鄒氏春睡，半倚半眠之際，不是看「耗子鬧春」，而是看到家犬交配。她坐在椅子上昏昏入睡之際，忽聞院中一陣犬吠，驚起，掀簾，窺看。見一隻公犬與一隻母犬相戲，犬吠之聲，時大、時小、時尖、時渾；未幾，二犬相搏、相戲，最終交合在一起。鄒氏生妒，執帚相驅，而後起唱。把一個孀婦的性心理描畫得淋漓盡致。這種演法想是從《金瓶梅》中，潘金蓮見犬思春的描寫，移入戲中的。在演出時，臺上不上「犬形」，完全以幕後的口技表演虛擬入戲。舊日演此戲時，都要特請口技藝人在幕後助演。據說，清末天橋藝

人「徐狗子」就是擅演這一節目而名聲大噪的。「徐狗子」的口技，能從叫聲中分出公狗、母狗，還能分出遠近、大小，以及叫春、撕咬、嬉戲、交配的種種聲音，十分絕妙。臺上的旦角則以眼神、時嗔、時喜的五官變化和形體動作，配合「徐狗子」的口技，演得出神入化，一個人就把場子攪得火熱。當時憑這一折戲，就可以拴上一堂座來。所以，「徐狗子」特值錢，他一個人是要拿雙份的包銀。

除此之外，鄒氏與曹操還有一段「床上戲」，「耍蹺」也用到了這個節骨眼上，令人忍俊不已。據說某位名旦飾演鄒氏，他在劇中就套用了皮影戲表演「春段」的方法，大耍其蹺。彼時，舞臺上用兩把椅子支起的「二帳子」權當「繡床」，鄒氏在帳內與曹操交歡，觀眾可以看到從帳子縫兒裏伸出來的一條「繡腿」。演員憑藉著這一條繡腿的收縮開啟、挺直和顫動，在長達十二分鐘的音樂伴奏下，把男女交歡的全過程演釋得淋漓盡致，傳為「絕活兒」。這種演法，因伴隨帳子的搖動，俗稱「搖帳子」。其實，是藏身「二帳子」內的演員，用手攥著一隻綁著「三寸金蓮」的「木腿子」（蹺），將其伸出帳子外邊，隨著音樂上下舞動而已。但這種色情暗示的演法，足以把臺下的觀眾挑逗得目瞪口呆。

這類色情的演法，出現在清季被男人佔據的查樓戲館的時代，本不足為怪。當時，很多戲都有旦角袒胸赤膊、裸體出場的節目，如《盤絲洞》、《葡萄架》等。進入民國之後，政府倡導新風，婦女也走進了劇場，男、女演員也可以同臺獻藝了，這些新氣象使過於色情的表演受到了一定的抑制。陳墨香在《觀劇生活素描》一書中說：

> 那郭際湘（老水仙花）本學過武旦，他陪鑫培唱《宛城》，《刺嬸》一場很有精彩。曹操戲鄒氏時，好些污穢言語，後來減了，實在有理，那喜談性的問題之人，卻未免失望。
>
> （陳墨香《觀劇生活素描》）

在《刺嬸》這場戲中，因為鄒氏是在曹操的懷中驚醒，花鈿透地，衣著不整，演員的扮相多為下身彩褲，上身赤膊，胸前只繫一個繡著鴛鴦的紅兜肚。被曹操遺棄之後，鄒氏在亂軍之中倉惶逃跑，踩著「寸子」，大跑圓場。被張繡追到後，她要在張繡的銀槍下，走一連串的翻、撲、跌、滾的高難動作，功夫好的還要走「竄子」、「屁股坐子」、「跪蹉」、「烏龍攪柱」。最後，以槍抵喉、軟下腰，被刺，「僵屍」倒地，全劇始終。

《刺嬸》是全劇的最後一幕，單獨貼演此戲的很少，多是全齣連演。久而久之，《刺嬸》也成了《戰宛城》的一個代稱。據顧曲家張伯駒先生講，《戰宛城》的鄒氏以老伶工田桂鳳演出最佳。他說：當年「余叔岩演《戰宛城》時，煩其偶飾嬸娘。余曾觀之，蹻功臺步極佳，刺嬸時跌撲更精彩，畢竟老輩之功力不同」。特做詩讚曰：

> 蹻工臺上最精奇，曾見宛城刺嬸時。一自顏衰嫌老醜，無人能演賣胭脂。

（引自張伯駒《紅氍毹紀夢詩注》）

在南方，則以賈璧雲所飾鄒氏最為精彩。賈璧雲的《戰宛城》，基本上刪除了不少色情表演，偏重技藝的表現，頗受當時輿論的好評。滬上劇評家玄郎在老《申報》上著文，對其十分褒揚：

> 賈璧雲之《戰宛城》「思春」一場，做工輕倩流利，傳神在骨。咬巾等惡習俱刪去，品格頗高尚。操琴時，與操眉眼傳情，時以巾遮掩其面，戲情頗好。蓋鄒氏亦命婦，雖情不自禁，而當時並未識操，豈無羞恥之心？理宜如此體貼。時下每目不轉睛，任意窺笑，真演成蕩婦一流。刺嬸時，跌甩雖不如小如意之多，而亦繞臺跌撲，滾繡球、筋斗八個，藝頗不弱。

（玄郎《賈璧雲之〈戰宛城〉》見 1912 年 12 月 8 日《申報》）

賈璧雲，字翰卿，江蘇揚州人。素以花旦著稱。最早的「上海四大名旦」之一（毛韻珂、馮子和、歐陽予倩、賈璧雲）。因為他出身於梆子班，幼功紮實，文武兼能，對翻、摔等技巧尤為拿手，能戲頗多。1917 年曾隻身來京，搭楊小樓開辦之第一舞臺班，二人合演的《戰宛城》、《宏碧緣》等戲，珠聯璧合，一唱三年，上座不衰。他對《戰宛城》的舊演法有所改良，對後來的演員有著很大的影響。

解放後，新政府為了整頓文化市場，解放軍軍事管理委員會和中央文化部先後頒布了「禁演五十五齣有毒壞戲」和「全國禁演的二十齣出壞戲」的命令，並且在戲曲界推行「改人」、「改戲」的一系列政策，很多帶有「色情」、「兇殺」性質的戲，都被嚴格禁止了。

《戰宛城》雖然未明確列入禁榜，但很多劇團「由於演職員的政治思想覺悟的提高」，也都自覺的把它「掛」了起來，不再演出了。北京市文化局還多次向各劇團宣布，要廢除「蹻工」、廢除「迷信」、「色情」和「鬼戲」的表

演，廢除「思春」、「悶騷」、「調情」及「搖帳子」等不健康的表演，以「淨化舞臺」。同時，還向中國戲校和北京市戲曲學校宣布：今後「不再培養男旦」，要「男演男・女演女」，不教、不演「不健康」、有「色情」和「低級趣味」的戲，《戰宛城》自然囊括其中。從 1949 年到 1956 年這一段時間內，《戰宛城》基本上從舞臺上消失了。

《戰宛城》的劇照（二十世紀二十年代）

傅德威飾張繡，宋德珠飾鄒氏。鄒氏在亂軍之中張惶逃跑，踩著「寸子」，大跑圓場。被張繡追到後，她要在張繡的銀槍下，走一連串的翻、撲、跌、滾的高難動作，功夫好的還要走「竄子」、「屁股坐子」、「跪蹉」、「烏龍攪柱」。最後，以槍抵喉、軟下腰，被刺，「僵屍」倒地，全劇始終。

　　直到 1957 年，文化部突然宣布解除「禁戲」，提倡「活躍文化生活」，鼓勵老藝人挖掘傳統老戲，一些早已退出舞臺的老藝術家們的積極性又被鼓動

了起來。同年 10 月，侯喜瑞、筱翠花、孫毓堃等人在中和戲院正式貼演了《戰宛城》，這是在事隔七年以來，第一次恢復上演這齣戲（全劇經過精心的排練，已把所有「不健康」的東西悉數刪去）。領銜的主演都是「久違舞臺」的大角兒，所以甚是轟動。觀眾購票極為踴躍，不少人半夜三更就起來排隊，一千多張戲票一個多小時全部售罄。沒買到票的觀眾堅持不走，圍著票房，要求加演。戲院經理與這幾位老藝術家洽商之後，決定隔日再演一場，才把這件事兒圓滿解決。

　　當時，正在天津演出的中國京劇院一團，得知了北京演出《戰宛城》的消息，也都十分興奮。李少春、袁世海和雪豔琴不甘勢弱，連夜趕排，三天以後，在中國大戲院也貼出了《戰宛城》。李少春的張繡，袁世海的曹操，他們的精彩表演自不必說，特別是多年息影舞臺的老藝術家雪豔琴飾演的鄒氏，那種出神入化的做工，真使天津衛的戲迷大飽眼福。此事又傳回了北京，北京的戲迷莫不翹首垂涎，希望能在北京演幾場。但是未幾，「反右」運動就開始了，剛剛露頭的《戰宛城》，馬上就被「悶」了回去，這四場演出已成為北方舞臺上的絕響。不過，有幸同時看過這兩場戲的人在品評時說，相較之下，還是以侯喜瑞、筱翠花、孫毓堃合作的《戰宛城》當屬第一。老藝術家侯喜瑞先生在戲中飾演的曹操，一向為內外行視為珠璣。他的弟子李榮威曾著文描述侯老《馬踏青苗》的精湛表演：

　　　　曹操上場，要在〔四擊頭〕的末鑼走上，腳步要矯健，情態瀟灑，抖袖、整冠、捋髯，二目平視，使「瞧」的眼神，〔撕邊〕中捋髯，長腰提神，左右環顧，表現出曹操雄心勃勃的氣魄。他這時候是統領十五萬人馬，去攻打宛城，走到臺口，念「虎頭引子」：「勤勞王師……」念得渾厚有力、蒼勁有味兒，貫滿臺，聲不飄。然後轉身進帳，腰部主導周身，步法從裏向外跟著走，頭部微點，蟒袍的後身有節奏地擺動，透出威武而又文雅的氣派，別有一種美感。進帳後，報名，接大段念白，平仄分明，清濁適度，念得不驕不躁，不緩不急，深沉穩重，顯示出威武之風。念完「起兵前往」，在曲牌〔北泣顏回〕頭句後抱令旗、寶劍出帳上馬，在〔大鑼帽子頭〕鑼鼓中亮住。龍套、曹八將領起圓場，在上場門向臺口「斜一字」排開站好。曹操在馬上款款而行，揚鞭遠望。眼前出現的是浩蕩三軍，旌旗遮日，貔貅簇擁，內心充滿必勝的信念，喜形於色。在〔大鑼

抽頭〕中站上場門臺口，從左起大揚馬鞭，身隨鞭動，鞭隨身轉，畫一弧線向左慢慢落下，舉鞭與右肩平，凝視左右，長身立腰，在鑼鼓的重音中亮住，簡直是一幅威武揮鞭的壯麗畫卷。

　　曹操下達了「馬踏青苗者斬！」的戒令，他在檢閱他的軍隊，十五萬大軍一眼望不到盡頭。進而轉身，面向下場門，踏上高臺，再勒馬亮住，眉間微皺，心裏在想，可有人敢違抗軍令，糟蹋麥田？當他看到隊伍齊整，井井有序，人人下馬扶麥而過，心中甚喜，揮鞭走下山丘。等大軍在下場門「斜一字」威武雄壯地亮住時，曹操再從上場門的九龍口揚鞭前進。此時正是陽春三月，風和日麗，大地復蘇，道邊土地鬆軟，曹操只顧向前觀望，不留神自己的坐騎踏入鬆土。他突然感覺到馬有些向前傾斜，急忙看馬頭前方，不好，馬快踏入麥田了，心中有些著慌，緊緊勒住馬韁往路中間一帶。動作是輕加鞭，蓋右步，亮成斜的前弓後箭步。眼神凝視馬頭，髯口自然地甩到抱令旗、寶劍的左臂上。隨後，左手託起馬鞭，雙手勒韁，以身領腰，以腰帶動腳下，轉身抬腿向上場門方向走，眼神始終觀察身左邊的麥地，最後，三步「子午式」，朝裏斜走前弓步亮住。看到自己的馬終於沒有踏進麥田，眉宇舒展，松一口氣，微露笑容，起身用鞭虛掃馬的臀部，可不要真打，要真打馬就要奔馳了。剛一舒心，沒想到情況突變，麥田裏一隻斑鳩受驚突然飛起，驚嚇了曹操的坐騎。這一下壞了，驚馬亂奔亂跑，這就引出了一系列複雜優美的馬踏青苗的趟馬表演。

（李榮威《李榮威回憶錄》）

　　侯喜瑞先生的「馬踏青苗」與郝壽臣先生的表演有很多細節的不同，可謂哀梨並剪，各有千秋。當曹操呼來行軍主簿，擬議自己的踐麥之罪。主簿曰：「丞相豈可議罪？」操曰：「吾自製法，吾自犯之，何以服眾？」當即抽出寶劍，意欲自刎。眾人急忙救住。郭嘉說：「古者《春秋》之義：法不加於尊。丞相總統大軍，豈可自戕？」曹操沉吟良久，乃曰：「既《春秋》有法不加於尊之義，吾姑免死。」接著以劍割下自己的一縷頭髮，擲於地上：「割髮權代首。」並命人割下馬頭，傳示三軍。三軍悚然，無不懍遵軍令。侯喜瑞的這段戲，演得更是刀砍斧削，入木三分。有劇評家詩句贊侯喜瑞先生：

十萬貔貅十萬心，一人號令眾難禁。靄如演至刀割髮，揭透曹瞞詐術深。

《戰宛城》侯喜瑞飾曹操　攝於上世紀三十年代

曹操在馬上款款而行，揚鞭遠望。眼前出現的是浩蕩三軍，旌旗遮日，貔貅簇擁，內心充滿必勝的信念，喜形於色。侯老演至此處，凝視左右，長身立腰，在鑼鼓的重音中亮住，簡直是一幅威武揮鞭的壯麗畫卷。

　　侯喜瑞，字靄如，河北衡水人，回族。九歲寫入喜連成科班，排名「喜瑞」，工架子花臉。師從韓樂卿、羅春友，能戲極多，向以飾演曹操、李逵、劉瑾最為乘手。後來，經蕭長華的舉薦，拜了「活曹操」黃潤甫為師。不僅學了「黃派」的唱念、表情、臺步、身段、臉譜及服飾等，還學了用長神、長氣、長腰、縮小肚子和臀部肌肉來增高、增大自己的體型。他在嚴承師教的基礎上，根據自身的條件揚長避短，進一步發展和豐富，形成了世人公認的「侯派」風格。與金少山、郝壽臣三足鼎力，享有「南金北郝老侯爺」之譽。在回族的京劇演員中，又與馬連良、雪豔琴一起被譽為「回族三傑」。他在總結自己所演曹操戲的心得時，有一句名言：

不明白戲情劇理、人物思想、身份個性，那他就是個唱戲的而已，即使他的演技再好，也不會有什麼建樹，這是我演一輩子曹操戲所想到的根本所在。

（張胤德《回憶和侯喜瑞先生相處的日子》）

《戰宛城》是一齣「血粉戲」，大概「血粉戲」這三個字相當不吉利，凡演過《戰宛城》，或沾上「血粉戲」這三個字的名演員，在「史無前例的文化大革命」中都觸盡了黴頭。李萬春、李少春、荀慧生、筱翠花、都遭受到殘酷的「批鬥」和摧殘。而侯喜瑞先生和荀慧生的遭遇最為慘烈，竟然在現實生活中，也唱了一齣血淋淋的慘劇！

1966 年 8 月 23 日，農曆丙午年七月初八，北京大學和北京第八女子中學的紅衛兵們造反了，他們闖進了北京市文化局和文聯機關，對那裡關押的「反動權威」和「牛鬼蛇神」開始動手施暴。被揪鬥的一共二十九人，其中有老舍、駱賓基、方華、郝成、陳天戈、王誠可、趙鼎新、張孟庚、曾伯融、蘇辛群、季明、張國礎、商白葦、金紫光，王松生、張增年、宋海波、張治、張季純、端木蕻良、田蘭、江風、蕭軍，白雲生、顧森柏。荀慧生和侯喜瑞也在劫難逃，像一群被趕入屠場的牛羊一樣，運到東城區國子監「文廟」的院子裏。有人記下了當時的場面：

下午 3 點，在烈日下，這 29 人被一個一個叫出來，排成一排站在院子裏。每叫出來一個人，就在這個人的頭上套上一塊寫著他的名字和罪名的牌子。

紅衛兵在院子裏架起了一個大火堆，焚燒戲劇服裝和書籍等，烈焰熊熊。口號聲震天響：「打倒反革命黑幫！」「打倒反黨份子某某某！」「某某某不投降，就叫他滅亡！」「誰反對毛主席就砸爛誰的狗頭！」

這 29 人被強迫在火堆前圍成一個圈子，跪下來，以頭觸地。站在他們身後的有數百名紅衛兵。有的紅衛兵拿來了舞臺道具木刀、長槍和金瓜錘，對他們劈頭蓋臉地亂打。有的紅衛兵解下腰間的軍用銅頭皮帶，狠狠地抽打他們。當時正值盛夏，人們身穿單衣，銅頭皮帶打下去，一下一塊血漬，打得衣服的布絲都深深嵌進肉裏。這 29 人前有大火堆，後有紅衛兵，無處躲閃。

蕭軍說，當他跪在燒書的火堆前，被身後的紅衛兵用棍棒和銅

頭皮帶毒打的時候，心中真是憤怒至極。蕭軍年輕的時候練過武功，他心裏想，如果他動手反抗，憑他的功夫，可以打倒十幾個人。但是，他看到老舍先生就跪在旁邊，臉色煞白，額頭有血流下來。他想，如果他反抗，寡不敵眾，他會被打死，其他28個「牛鬼蛇神」，一定會跟他一道統統被打死在現場。他不應該連累別人。不要連累老舍先生被打死的念頭使蕭軍壓下反抗的衝動，忍受了三個小時的毒打和折磨。

在這三個小時裏，沒有人出來制止暴行，也沒有人打電話報告市裏和中央的領導請求制止暴行。因為當時的人都知道，類似的事情正在整個北京城裏轟轟烈烈地發生，而這一切都是文革的領導人正在熱烈支持的，不可能有上級或者警察來制止這場毆打。

彼時的侯老先生年近七十，荀慧生先生六十六歲，均是年過花甲的老人。他們在紅衛兵的棍棒和皮帶之下，被打得遍體鱗傷，血肉模糊。當侯老拖著殘軀回到崇文門外手帕胡同14號的家門口時，家裏早被紅衛兵們抄得一塌糊塗，滿目狼藉。更為悲慘的是他的老伴被紅衛兵活活打死，倒在血波之中氣斷身亡。此事在趙志遠先生撰寫的《我的三位老師侯喜瑞、裘盛戎、侯寶林》一書有所詳記。

令人驚奇的是，這位生於光緒十八年，歷經清末、民國、日偽和新中國數個時代的老人，竟然頑強地逃過了「死劫」。直到「十年浩劫」之後，依然每日拄著拐杖遛早兒。當人們向他問安的時候，他總是笑著、可可巴巴地說：「託、託、託毛主席的福。」

1981年，人們迎來了文革後的思想解放，再一次演出了「禁戲」《戰宛城》。由高盛麟飾張繡，袁國林、李榮威分飾曹操，陳永玲飾演鄒氏，尚長春飾演典韋。年屆八十有四的侯老先生精神振奮，再展雄風，親自為他的徒弟們把場。直到1983年，這位世紀老人方斷然辭世、無疾而終。

荀慧生先生則無此幸運，死得很是悲慘，他的夫人張偉君寫道：

在生命得不到絲毫保障，憲法遭到無情踐踏的那些日子裏，慧生經常被揪鬥、體罰，後來又被押送到京郊的沙河農場，強迫他幹力不能及的、繁重的體力勞動。精神上、肉體上的摧殘與折磨，使慧生患了嚴重的心臟病，頭和腳腫脹得十分厲害，但卻得不到應有的治療與休息，以致病情日益惡化。一九六八年十二月下旬的一天，

慧生在去往勞動場所的途中，由於實在支撐不住而倒臥在瑟瑟的寒風之中。缺乏起碼的人道主義精神的造反派看押人員，既不讓他回去休息，更不准他到醫院治療，就這麼躺在冰天雪地的曠野裏，達四小時之久！年近七旬的慧生患了肺炎。一九六八年十二月二十六日，六十八歲的慧生，孤獨地含恨離開了人間。他淒然逝去的一刻，竟沒有一個親人在身邊守候。這比他生前塑造的六大悲劇中的六位主人公的死，還要淒慘哀絕！

（張偉君撰《荀慧生傳略》）

附：《戰宛城》（《張繡刺嬸》）劇本係根據 1945 年荀慧生演出本整理。

見本書下卷。

《遊湖陰配》——
《遊湖陰配》與趙燕俠、李淑君

　　《遊湖陰配》這齣戲的名字流行於民國三、四十年代。喜歡這齣戲的人稱讚它是一齣「充滿悽楚之美和疾惡如仇的大悲劇」，不喜歡這齣戲的人則指責其是一齣「粉戲」、「鬼戲」。又因為戲中有「行刺」「殺人」的場次，行內也將這齣戲列入「血粉戲」。

　　解放初期，這齣戲一度禁演，但戲劇管理部門也好、表演藝術家們也好，廣大觀眾也好，都覺得這齣戲「棄之可惜」，「褒又多瑕」。因此，在「戲改」工作的策劃下，不少編劇和主演對這齣「有問題」的戲大動腦筋，反反覆覆地進行修改，變更主題，以期重上舞臺。所以，後來這齣《遊湖陰配》幾易其名，有的叫《遊西湖》，有的稱《紅梅記》；還有的稱《落楓池》、《紅梅閣》，還有的貼《放裴》或《李慧娘》。

　　從這齣戲所經歷的數度變化中，可以看到政治權力對於傳統戲曲的改造與形塑方面，所出現的多種觀點與分歧。在意識形態與階級鬥爭為主導時期，領導人對戲劇的品評趣味，以及代表不同政治路線的觀點對戲劇作品的利用和衝擊，從《遊湖陰配》到《李慧娘》的演變過程來看，充分表現出政治對戲劇的改造和干預。

　　《遊湖陰配》這齣戲，原本出自明周朝俊所著傳奇《紅梅記》中有關李慧娘的故事。而周朝俊這部傳奇的原始素材，又出自明瞿祐《剪燈新話》中的《綠衣人傳》和馮夢龍《古今小說》中的《木棉庵》。傳奇是寫南宋淳祐年間，書生裴禹遊覽西湖，權相賈似道的侍妾李慧娘凝眸裴生，加以讚美。導致賈似道的嫉恨，將慧娘殺害於紅梅閣。總兵之女盧昭容登樓賞春，裴生恰在牆外賞梅，

二人顧盼生情，互贈表記。奸相賈似道得知昭容美貌，強納為妾。裴生為昭容之母出計，充當她家女婿，親到賈府拒婚。賈似道聞言大怒，將裴生拘於後花園中，意欲殺害。李慧娘的陰魂不滅，得與裴生幽會，並搭救裴生脫險。而後現出原形，痛斥賈似道的兇殘暴戾。未幾，賈似道兵敗襄陽，在木綿庵被大將鄭虎臣殺死。裴生逃出半閒堂後，前去應試，得中探花，遂與昭容完婚。

在原來的傳奇中，李慧娘的故事不占主線地位，但她善良正直、不畏強暴的反抗性格頗為感人。清代，以李慧娘和裴生的愛情為主線的說唱和戲劇就開始廣為傳播。說唱節目，是以《子弟書》的作者韓小窗創作的《紅梅閣》為代表；戲劇，則以梆子《遊湖陰配》為代表，久演不衰，頗受市井百姓歡迎。

《遊湖陰配》，一般是從李慧娘死後演起。李慧娘情魂不散，閻君賜她一柄陰陽寶扇，得以重返人間，並毅然救裴生出險。後邊演的則是慧娘「還魂」，與裴生結為「百年之好」的大團圓。

京劇《遊湖陰配》筱翠花飾李慧娘　攝於上世紀四十年代

筱翠花（1900～1967）京劇演員。名于桂森，一名紹卿，入富連成科班後改名于連泉。北京人，原籍山東登州。九歲入老水仙花主辦的鳴盛和科班學藝，演梆子、京劇花旦。出科後，演出於北京吉祥、天樂等劇場。1911年，鳴盛和科班解散，次年加入富連成科班，經蕭長華、郭春山等指導，技藝大進。1918年出科，在北京、上海、漢口等地演出，聲譽日隆。

這齣戲在民國初年才被移植為京劇，以筱翠花的表演最為擅場，並且成為「筱派」藝術的代表作之一。筱翠花在給學員上課時詳細地講解了他的演法：

　　我在科班裏，就學會了一套演鬼的方法。我從小又愛聽人說鬼故事，這些故事有些是從《聊齋》等筆記小說上來的，有些是口頭傳說。人們描摹鬼的樣子，都說鬼是陰性，怕見陽光，每當夜間隨風飄蕩，有影無形，有氣無質；還說凡是屈死的鬼，它的魂魄經久不散，要去找尋他的對頭報仇。鬼出現的地方，不是荒郊墳臺便是深山古廟等處。我把這些鬼話連篇，借來用在我的表演裏，豐富了我演的鬼戲。

　　在京戲舞臺上，鬼的扮相從前是竭力往恐怖方面發展的。一種是披頭散髮，面如白紙，嘴唇抹黑，眉梢眼角往下搭拉。另一種是俊扮，在變臉的時候，使用面具，這些面具的形象都是表明她死時候的樣子，李慧娘是弔死的，她的面具瞪眼吐舌，看了叫人感到十分可怕。我以前演鬼魂也曾用過面具，解放後就不用了。因為花旦毀裝，會給觀眾留下不好的印象。我現在只是用分掛在胸前的兩縷白紙來表示鬼魂——內行稱它為「鬼髮」。

　　李慧娘的鬼魂在簾內唱完〔倒板〕後，在場上打著〔急急風〕中，提氣、凝神、走小碎步出場，瞪目朝遠處看，走到了「九龍口」，稍微停頓一下，運用腰裏的勁頭帶著雙肩，輕輕地晃蕩兩下，然後耍著扇子，「撐步」轉身中使用左右兩個雲手，轉身，回到上場門，碎步走進後臺。為什麼要這樣的表演呢？就是為了演出李慧娘這一冤魂飄忽不定，尋覓裴生。出場時瞪目遙望，站住，晃蕩兩下，這種身段的，看起來就像是打很遠的地方飄蕩過來的樣子，無形中把舞臺的面積擴大了許多倍數；轉身和使用雲手耍扇子的動作，表示李慧娘仗著陰陽寶扇的法力，已然超過了一般鬼魂的境界，能夠顯形了。這時候，如果放上一把火彩，更加好看，人在煙霧中下場，好像輕紗薄霧，飄然而逝。

　　第二次出場，場面上配合的音樂節奏是〔軟硬扭絲〕，出場後邊走邊唱，這裡要用快碎步、旋風步、圓場、紮四門、反圓場等臺步。恰好唱完三句搖板的時間，歸到舞臺的當中，念了一段道白就起「叫頭」，緊接著場面上起〔望家鄉〕的鑼鼓點，唱流水、跑圓場，還是一邊唱一邊走的老法子，踩著鑼鼓點子像秋風掃落葉般地到臺口的上場犄角。這時正趕上了唱完四句流水，馬上走「花梆子」，臉衝著

前臺「耍肩膀」——就是雙肩輪流上下聳動，同時用「趕步」先從小邊往大邊橫著走過去，再由大邊橫著走「趕步」回到小邊來，走一個「旋風步」，借著轉身的時候，把披在後面的綢子扯到前面來，用兩個手指頭拈著綢帶子的邊沿，耍出「花龍」的樣子。用「蹉步」向下場門走去，走著走著又變了步法，往後頭倒退著走（這叫做「倒步」），突然使一個雲手，轉身到臺口「臥魚」亮住，結束了「花梆子」。場面上改打〔抽頭〕，這時慢慢地站起來使三個「旋風步」轉到上場門口，又手把綢帶子撩到背後，旋轉身軀往下場門走，先走「碎步」再改走「蹉步」，越走越快，走到將要到下場門口的時候，使一個「軟鷂子翻身」，用「蹉步」走進後臺。

演魂子戲，因為動作上有許多限制，如表演鬼哭的時候不許有撩眼淚的動作，又不能做出愁眉苦臉等等怪樣來，所以就靠使眼神來表現鬼心中的悲哀和高興。演魂子戲唱念時還不許做手勢，站時腿腳要穩，行時輕如蝶、飄似葉，上身要穩，腳步要輕要勻；走「花梆子」就是表現心裏高興得情不自禁的手舞足蹈起來。這齣戲裏所走的「撞步」、「趕步」、「碎步」、「旋風步」等亦稱為「魂子步」，都是表現鬼魂隨風飄蕩的舞蹈。末後使一個「軟鷂子翻身」，就好比那吹起落葉在空中盤旋著隨風而去。

（摘自筱翠花口述，鄒慧蘭整理《我是怎麼演出〈遊湖陰配〉的》《戲劇報》1959 年第 16 期）

因為，戲中有著高超的技術和迷人的表演，所以久演不衰。據當年老《申報》的報導，三十年代，筱翠花在上海演出《遊湖陰配》時，連貼二十八場，場場爆滿。

1949 年，這齣戲被文化主管部門定為「鬼戲」，以「宣揚封建迷信」之罪，予以禁演。《遊湖陰配》遂消失於舞臺數年之久。到了 1956 年的「戲改」後期，政治空氣有所鬆動，毛澤東提出了「百花齊放」、「百家爭鳴」的文化方針。戲曲界的心情很高，編劇馬健羚率先把《紅梅記》重新改寫，編成了《遊西湖》一劇，被秦腔劇團帶到北京上演，引起了廣泛的關注。

秦腔演出本《遊西湖》面目煥然一新，使《遊湖陰配》一類的舊本子黯然失色。作者把盧昭容與李慧娘合為一人，把裴禹與盧昭容之間以紅梅定情的情節，嫁接到了李慧娘身上，又把賈似道霸佔盧昭容的故事也轉嫁到了李慧娘身

上。這樣一來，李慧娘搭救裴禹也就成為故事的必然。全劇第一場，李慧娘與丫鬟在花園賞花，與在花園外邊賞花的裴禹相遇，互生愛慕，互贈信物，約好以後再見。身為南宋當朝宰相的賈似道正在獵取美色，見李慧娘美貌，即被強搶而去。一日，裴瑞卿和幾個生員正在遊湖，見賈似道與眾多妻妾一起遊玩，李慧娘也在船上。裴生不解，與眾生員一起趕上。李慧娘緊鎖眉頭，拿著所贈信物，暗示自己已被似道強佔。眾生員看到賈似道在國難當頭之時，依然荒淫無度，強搶民女，不理朝政，決心對他聯名彈劾。慧娘回府，被賈似道以「有夫之婦勾引他人」的罪名將其殺害。接著，遣人拿著慧娘的信物，把裴生騙進府內囚禁。李慧娘的冤屈感動了神仙，得賜陰陽寶扇，藉以還魂，乃與裴生重逢，傾述別後的遭遇。此時，賈似道派遣惡奴殺害裴生，李慧娘以陰陽扇吹火蔽目，救出了裴生。而後，二人在依依難捨的淒戀之中，人鬼分別，天各一方。這一改動使故事內容更加集中，主題分明。李慧娘被塑成一個敢愛、敢恨的復仇女神。他不僅救出了裴生，而且還狠狠地羞辱了禍國殃民的賈似道。

秦腔《遊西湖》劇照

吐火是秦腔表演的一個絕活兒，演員氣沉丹田後微微運氣，就能吐出一道火柱。這道火柱是演員口中含一紙卷，卷內包裹研成細粉的松香沬兒，在「下手」所執火把的配合下，合力完成的。在《放裴》一場戲中，飾演李慧娘的演員嫻熟地用此技巧，可以更好的表現出「鬼魂用陰陽寶扇的怯敵」，同時進一步烘托神秘和緊張的氣氛。

當時的輿論對這齣戲評價甚高，被視為是一齣「具有反封建意識」的好戲。其中「鬼怨」、「殺生」、「放裴」諸折，保留了許多精彩的特技表演，如「魂子步」、「跑臺」、「吹火」、「撒火彩」等，發揮了傳統戲劇的表演特色，深受各界觀眾歡迎。楊雲峰先生在一篇隨筆中，寫了他在年青時觀看秦腔《遊西湖》的印象，很有一定的代表性。他寫道：

> 記不得什麼時候看的一齣戲，也記不得誰演的哪齣戲，印象最深的就是噴火，那口不間斷的火能噴上個數十分鐘。大口噴，小口噴，長火噴，短火燎。反正噴的天混地暗，一片混沌。印象中的那個二花臉，被女鬼噴出來的火燒得抱頭逃竄。期間的跌打翻撲，輾轉騰挪，嫵妍了然。這樣的印象使得我後來一直記得凡是鬼，一定是美鬼，一定是被冤屈或被迫害而死，有著無盡的深仇大恨，身著淡雅素白，嫋娜多姿，飄逸動人；凡是壞人，一定是白臉奸賊，身著華貴，錦衣玉食，但卻一肚子壞水。最後終於壞人遭到報應，天理終須昭彰。然而，那個身著白衣吐火噴火飄逸多姿的女鬼，卻最終也沒有與她的意中人結成姻緣。多少年之後，我才搞明白，這齣戲就叫做《遊西湖》，美鬼就叫做李慧娘，那個殘害李慧娘使人變成厲鬼的就是這齣悲劇的導演者——賈似道。

（引自楊雲峰文《「李慧娘」的三味真火──秦腔《遊西湖》的當代意義》）

秦腔《遊西湖》演出的轟動，也鼓勵了京劇、崑曲和其他地方劇種對這一劇目的整理和改編的積極性，一時間，竟出現了「李慧娘熱」，競相上演。戲的「紅火」，很快被政治權貴所察覺，在各級領導的「關注」之下，李慧娘的「鬼故事」也成了一種政治宣傳的工具。

「三年自然災害」的之始，毛澤東在一次政治局會議上提出要提倡「不怕鬼」的精神，目的在於鼓勵全國人民「不怕困難，共渡難關」。還指令出版社編輯出版一本《不怕鬼的故事》在全國發行。他對主編何其芳說：「我是把『不怕鬼的故事』作為政治鬥爭和思想鬥爭的工具。」中宣部、文化部聞風而動，開始大肆宣傳。戲劇界則抓住「李慧娘」的故事大做文章。

陳毅、康生、彭真這些愛聽戲的領導們出面，建議剛進北京京劇團的趙燕俠演出《紅梅閣》。趙燕俠在十五、六歲登臺演戲時，就演《西湖陰配》這齣戲，當初叫《陰陽寶扇》，演的還是老一輩藝人的路子。以做功為主，沒有

什麼重要的唱。在「借扇」一場中，接扇子、要踩蹺、從兩張高桌上走「硬搶背」下。「放裴」中有鬼步（旋風步）、走太極圖、大圓場等傳統技巧。解放以後，她曾把劇中的恐怖形象和迷信色彩刪去一些，把李慧娘和裴生改成青梅竹馬互訂終生的關係。李慧娘被賈似道殺害，但是，獲救未死。「救裴」以後，慧娘和裴生一起逃走。舞臺上依然保留「魂子步」、「吹火」等傳統技巧。但是這樣一改，有很多地方則不能自圓其說，顯得有點兒不倫不類。

　　這次重排，特請張艾丁先生改編了《紅梅閣》，這是她演出此劇的第三個版本。重新恢復了李慧娘的鬼魂形象。劇本改為李慧娘與裴生素昧平生，只是在遊西湖時讚歎了一句「美哉少年」，便被賈似道冤殺。揭示了權勢者的專橫殘暴，塑造出一個生活在封建社會中，精神與軀體受到極端殘酷迫害，而對自由、幸福、愛情有著熾烈追求的一個古代女性形象。演出的效果極佳，「趙迷」們趨之若鶩，有時竟達到一票難求的地步。

京劇《紅梅閣》趙燕俠飾李慧娘　攝於上世紀六十年代初

　　趙燕俠，女，1928 年出生，祖籍河北武清曹子里鄉大三莊村。我國著名的京劇演員，她的演唱形成了自己的風格，被周恩來總理親切的成為「趙派」。自幼在父母督導下練功學藝，7 歲隨父趙小樓在杭州、上海、漢口等地搭班演戲。14 歲在北京向諸茹香拜師學藝。後先後拜李凌楓、荀慧生、褚玉香、何佩華等名家為師學習青衣、花旦，學習了王、荀、梅派的藝術特點。15 歲演出《十三妹》（與侯喜瑞合演）、《大英傑烈》，開始在京劇舞臺嶄露頭角，並與前輩名家金少山、譚富英、楊寶森、馬連良等聯袂演出。

　　幾乎同一時間，任《戲劇報》副主編的孟超先生，也編寫了一部崑曲《李慧娘》，在《劇本》第七、八期上連續發表。北方崑曲劇院集中了全院的力量，把這齣戲當成重點工程精心排演。在 1961 年秋天，崑曲《李慧娘》在北京長安戲院也正式公演了。崑曲中的李慧娘的形象更有深度和力度。在最後一場戲中，李慧娘的鬼魂與賈似道「拼命」，展示了一位弱女子「生前受辱，死後強梁」的復仇意志。「不信俺死慧娘，鬥不過活平章」，完美地刻畫出一個不向權勢屈服的、淒美動人的藝術形象。李淑君扮演的李慧娘在臺上，同樣發出了照人的光彩。全劇主題正如作者在開幕曲中所寫：

> 　　檢點了兒女柔情、私人恩怨。寫繁華夢斷，寫北馬嘶嘶錢塘畔。
> 賈似道誤國害民，笙歌夜宴，笑裏藏刀殺機現；裴舜卿憤慨直言遭
> 禍端。快人心，伸正義，李慧娘英魂死後報仇冤！

（見孟超《李慧娘》序曲）

　　坐在臺下的康生為《李慧娘》演出的成功，激動得站起來鼓掌，連連誇獎：「孟超做了一件大好事！」還特意跑上臺去，與孟超握手，與全體演職員合影。事後，他多次致函孟超，讚揚《李慧娘》改寫的成功。孟超是康生同鄉，改編過程中多次徵詢康生意見。康生反覆叮囑：「《李慧娘》一定要出鬼魂，不出鬼魂我就不看。」彩排期間，康生亦多次親臨現場予以指導，還親自將疊句「美哉！少年」的後一句，改為「壯哉！少年！」事後，他與演員們座談時說：「北崑今後照此發展，不要再搞什麼現代戲了。」10 月 14 日晚，康生特意安排劇組到釣魚臺，給周恩來總理專門演了一場。派人派車，提前把孟超和李淑君接到釣魚臺，設宴款待。董必武陪同周總理一起觀看，演出結束後，他們上臺表示祝賀，並與劇組合影留念。

　　孟超的老朋友廖沫沙也觀看了演出，他認為這是一齣難得的好戲，懲惡揚善，有教育意義。用筆名「繁星」寫了一篇《有鬼無害論》，發表在《北京晚報》上。他寫道：

> 　　我們對文學遺產所要繼承的，當然不是它的迷信思想，而是它
> 反抗壓迫的鬥爭精神。我們要查問的，不是李慧娘是人是鬼，而是
> 她代表誰和反抗誰。用一句孩子們看戲通常所要問的話：她是個好
> 鬼，還是個壞鬼。如果是個好鬼，能鼓舞人們的鬥志，在戲臺上多
> 出現幾次，那又有什麼妨害呢？

（見 1961 年 8 月 31 日《北京晚報》繁星文《有鬼無害論》）

　　田漢先生看戲以後，也寫了一篇《一株鮮豔豔的紅梅》，強調《李慧娘》一劇寫出了「封建時期，中國受玩弄的女子的反抗精神和復仇的鬥爭。」恰中了他的那篇著名長詞：「將碧血，寫忠烈。做厲鬼，除逆賊！這血兒啊！化作黃河洋子浪千疊，常與英雄共魂魄！」《人民日報》、《光明日報》和有頭有臉的學者、作家們也都不甘寂寞，紛紛著文、寫詩，謳歌這個「美麗的女鬼」。從而，使這齣戲遠遠地游離於舞臺之外，而蒙上一層厚厚的政治色彩。

　　1963 年初，《李慧娘》這齣戲被調進中南海演出。毛澤東和所有的中央領導人都前去觀看。一位在毛澤東身邊工作很久的工作人員回憶說：毛主席是不喜歡這齣戲的。他詳細地記述了當時的情景：

　　　　當演出至賈似道攜帶眾姬妾遊西湖征逐歌舞，遊船途中遇到裴生，李慧娘脫口而說：『美哉少年』時，我心知道這下不妙了。西湖恰好是毛最喜歡去的地方。接下來演氣憤異常的賈似道殺死寵妾李慧娘，和心有未甘的李慧娘化為鬼魂，向賈報仇的情節。毛的神態一變。毛除了偶然大發脾氣外，很少讓他的不悅流露於外。彼時他鎖緊眉頭，眉毛挑高，身體僵直。在回去的路上和到了臥室以後，毛似乎都在沉思，一聲不響。

　　葉永烈在《在上海發出「有份量」的第一炮》的文章中講：後來，汪東興說：『這下子可就麻煩了。江青講，《李慧娘》這個戲是個壞戲，是一株大毒草，宣揚有鬼，宣揚迷信。』就此，江青選中了孟超的《李慧娘》、選中了廖沫沙的《有鬼無害論》和田漢的文章，作為突破口。把《李慧娘》這齣戲「上綱上線」，認為「借厲鬼來推翻無產階級專政」的，是一群「反革命分子向黨發起的猛攻」，進而吹響了「文化大革命」的前奏。

　　老奸巨滑的康生這回來了一百八十度的大轉彎，狠批中宣部、文化部「右傾」，要追查「鬼戲泛濫」的責任。同年 3 月 16 日，文化部黨組寫了《關於停演「鬼戲」的請示報告》，上報「中共中央宣傳部並報中共中央」。報告稱：

　　　　近幾年來，「鬼戲」演出漸漸增加，有些在解放後經過改革去掉了鬼魂形象的劇目，又恢復了原來的面貌；甚至有嚴重思想毒素和舞臺形象恐怖的「鬼戲」，如《黃氏女遊陰》等；也重新搬上舞臺。更為嚴重的是新編的劇本（如《李慧娘》）亦大肆渲染鬼魂，而評論界又大加讚美，並且提出「有鬼無害論」，來為演出「鬼戲」辯護。

對於戲曲工作者中這種嚴重狀況我們沒有及時地加以注意……

（國防大學黨史教研室編《中共黨史教學參考資料》）

崑曲《李慧娘》李淑君飾李慧娘　攝於上世紀六十年代

李淑君（1930～1911），北方崑曲代表人物之一，初求學於北京輔仁大學，後入中央音樂學院，畢業後進入中央實驗歌劇院任歌劇與民歌獨唱演員。曾先後向韓世昌、馬祥麟和嚴鳳英等學藝。進入北方崑曲劇院擔任旦角演員後，她很快以嗓音甜潤、吐字清晰、表演細膩，而成為北崑第一旦角。除演出《千里送京娘》、《昭君出塞》等傳統劇目外，李淑君還出演了多部新編劇目，如《文成公主》、《李慧娘》、《蔡文姬》、《桃花扇》、《血濺美人圖》以及《紅霞》等。其中上世紀 60 年代的《李慧娘》，曾引起了輿論界關於「有鬼無害論」的大討論。《血濺美人圖》還曾由北京電影製片廠攝製成戲曲電影，還曾為電影《桃花扇》和話劇《蔡文姬》配唱崑曲。

最初，江青想在北京找人支持她，發表批判孟、廖的文章。無奈，彭真是北京市市長，吳晗是北京市副市長，鄧拓是中共北京市委文教書記，廖沫

沙乃中共北京市委統戰部部長，江青無法開展她的「批判」。她便在上海柯慶施、張春橋的支持下，將「江南才子」俞銘璜撰寫的批判文章，發表在《文匯報》上。文章使用索隱的手法，說《李慧娘》劇作者是影射攻擊共產黨，賈似道是共產黨的總理，李慧娘反對賈似道，就意味著人變成鬼也要向共產黨復仇。自此，全國諸報開展了「關於上演鬼戲有害還是無害的大討論」。

江青批判京劇《李慧娘》和「有鬼無害」論，得到了毛澤東的支持。1964年6月，毛澤東在關於《人民日報》的談話中說：

> 1961年，《人民日報》宣傳了『有鬼無害論』，事後一直沒有對這件事作過交代。1962年八屆十中全會後，全黨都在抓階級鬥爭，但是《人民日報》一直沒有批判『有鬼無害論』。在文化藝術方面，《人民日報》的工作做得不好。《人民日報》長期以來不抓理論工作。

> （《中國共產黨執政四十年》，中共黨史資料出版社1989年版）

1963年12月12日，毛澤東在給彭真和劉仁的一封信中，做了如下批示：

> 各種藝術形式──戲劇，曲藝，音樂，美術，舞蹈，電影，詩和文學等等，問題不少，人數很多……許多部門至今還是「死人」統治著……許多共產黨人熱心提倡封建主義和資本主義的藝術，卻不熱心提倡社會主義的藝術，豈非咄咄怪事。

1964年1月3日，劉少奇召集中宣部和文藝界三十餘人舉行座談會，周揚在會上傳達了毛澤東的上述指示。當周揚說到停演「鬼戲」時，劉少奇也插話說：

> 我看過《李慧娘》這個戲的劇本，他是寫鬼，要鼓勵今天的人來反對賈似道這樣的人，賈似道是誰呢？就是共產黨。……《李慧娘》是有反黨動機的，不只是一個演鬼戲的問題。

在這種背影下，中宣部、文化部、《人民日報》、《光明日報》、《北京晚報》、《戲劇報》只得紛紛檢查。劇作者孟超為此受到「停職反省」的處分，從此閉門不出，在家思過了。

演過李慧娘這一角色的趙燕俠先是不理解，偷偷地給康生打電話詢問此事，被康生狠狠地教訓了一頓，說她「只會唱戲，一點兒政治頭腦也沒有？《李慧娘》就是一齣反黨反社會主義的『鬼戲』！」趙燕俠真是不明白，這麼

一個大人物怎麼說變就變哪？如是，只好在團裏老老實實地作檢討，並且信誓旦旦他說：「從今以後我一定與『李慧娘』劃清界限，再也不唱鬼戲了。」

北崑的日子更不好過，全團上下都十分緊張，院長、導演和主演一個個都戰戰驚驚的熬日子。主演李慧娘的李淑君也不知受了什麼刺激，從此變得神經惜惜，總是疑神疑鬼的坐臥不寧。為了與「李慧娘」罷脫干係，她寫了很多檢討，最後，還寫了一篇標題十分古怪的檢查——《要演「紅霞姐」，不做「鬼阿姨」》，於 1963 年 9 月分別刊登在《戲劇報》、《中國戲劇》、《文藝報》、《光明日報》、《北京日報》之上。凡讀過這篇文章的人，莫不發出苦笑。

李淑君與一般戲劇演員不同，有較高的文化。她原是輔仁大學的大學生，因為酷愛文藝，1951 年考入中央戲劇學院，學習民族民間舞蹈和芭蕾舞。畢業後，進入中央實驗歌劇院唱歌劇。彼時，劇院號召演員當「多面手」，李淑君便先後向崑曲老前輩韓世昌、馬祥麟和黃梅戲演員嚴鳳英等學戲。因為她表演天賦極高，北崑又處在青黃不接的狀態，為了振興崑曲，李淑君正式調入北方崑曲劇院擔任主演。她的嗓音優美，吐字清晰，又有民歌和西洋美聲的演唱技巧，所以，對崑曲的傳統唱法有許多發展。在北崑，他不僅演出了許多優秀的傳統戲，她還曾為電影《蔡文姬》、《桃花扇》配唱，成了一顆令人矚目的新星。

在康生的「關心」下，崑曲《李慧娘》是劇院專門為她量身訂製的一齣重頭戲。她為了演好這一角色，特向筱翠花、荀慧生等前輩潛心問藝，把不少表現技巧吸收融化到這齣戲中，收到了極好的舞臺效果。據說，當院領導正式宣布這齣戲有嚴重的政治問題，李慧娘是個反黨的「厲鬼」時，李淑君當時就暈了過去，送進了醫院。此後，她就精神恍惚，開始遭到冷遇，在院裏坐了冷板凳。

不久，全國又開始批判清官、批判海瑞，批判李香君，批判謝瑤環，批「三家村」、批「四條漢子」，文化大革命就此開始了。寫《海瑞罷官》的吳晗被迫害至死，連扮演海瑞的馬連良和周信芳也沒能逃出「殉葬」的厄運。擅演《遊湖陰配》的筱翠花在運動中也已命喪黃泉。恰好，這陣子李淑君住進了「瘋人院」，相比之下李淑君真算幸運，人說：「整死了『活海瑞』，躲過了『鬼阿姨』，精神病救了她的性命。

《李慧娘》編劇孟超，在文革中的遭遇自是可想而知的，反覆的揪鬥、抄家，常被打得遍體鱗傷。在牛棚裏，他受到非人的待遇，還被康生親定為

「叛徒」、「反革命」。1976 年 5 月 5 日，他在愁悶、悲苦和鬱憤之中，喝了一場悶酒。第二天清早，監視他人員發現他躺在床上，鼻子流血，已經氣斷身亡。

京劇《李慧娘》胡芝鳳飾李慧娘　攝於上世紀八十年代

胡芝鳳（1938～）。上海市人。祖籍浙江上虞。1950 年考入上海南洋模範中學，同時兼學鋼琴和芭蕾舞，並學會 30 餘齣傳統京劇。1956 年考入清華大學工程物理系學習，其間，參加該校「清華京劇社」的業餘演出。1958 年肄業，拜梅蘭芳為師，專心京劇藝術，並得到魏連芳、綠牡丹、朱傳茗等名家指教。1960 年參加蘇州京劇團。1979 年率先將《李慧娘》搬上舞臺，飾演李慧娘，被上海電影製廠排成電影，全國放映而一舉成名。

文革後，孟超得到平反，在追悼會上，詩人樓適夷送上一副輓聯，寫道：

人而鬼也，鞭屍三百賈似道；死猶生乎，悲歌一曲李慧娘。

聶紺弩亦做詩《挽孟超》，詩云：

獨秀峰前幾雁行，卅年分手獨超驤。文章名世無僥倖，血寫軒書《李慧娘》。

八十年代初，剛剛恢復的蘇州京劇團率先將《李慧娘》搬上舞臺，青年演員胡芝鳳飾演李慧娘，先在南京、杭州、大連、天津、等地上演，接著進入

上海和北京，再次在全國掀起了「李慧娘熱」。上海電視臺全劇錄像，接著又被上海電影製片廠拍成戲曲藝術片，在全國放映。使這個「被污辱被損害了的美麗的女鬼形象」得到徹底的平反。胡芝鳳飾演的李慧娘，被戲劇界譽為「古雅的京劇藝術灌注了新鮮血液」，並因此獲得文化部嘉獎和文化部最佳戲曲電影片獎。《李慧娘》的再現，也算是「文革」極「左」的文化政策的一次「撥亂反正」，真是大快人心。

　　附：《西湖陰配》劇本根據 1921 年筱翠花的演出本整理。見本書下卷。

《雙釘記》——
《雙釘記》與《釣金龜》和《白金蓮》

　　關於《雙釘記》這齣戲的故事內容，一向有兩種說法，一種說法是齣老旦戲《全本釣金龜》。另一種說法，說它是一齣色情兇殺戲，亦名《白金蓮》。到底《雙釘記》是哪一齣戲，就是內行也說不明白。因為，這兩齣戲的故事情節中，都涉及用鐵釘殺人。最後，又都是包公斷案，從一根釘，引出兩根釘；從一條人命，審出兩條人命，故爾稱為《雙釘記》。那麼，我們就用這一個戲名來講兩個故事吧。

　　先說說《全本釣金龜》，故事出自明代公案小說《包公案》，《包公案》的全名為《京本通俗演義包龍圖百家公案全傳》。全書共十卷，相傳為安遙時編纂。至於安遙時的生平事蹟，目前尚無史料佐證，有待詳考。其中，關於包公破案的故事，部分來自民間的傳說，也有的採錄於史書和筆記小說。

　　包拯，史有其人，他在宋仁宗時，歷任監察御史、天章閣待制，龍圖閣直學士、樞密副史等職。《宋史》稱他「立朝剛毅，貴戚宦官為之斂手」；「人以包拯笑比黃河清。童稚婦女亦知其名，呼曰包待制；京師為之語曰：『關節不到，有閻羅包老。』」包公在開封府尹任上，以清正廉潔著稱於世，深得百姓愛戴。有關包公斷案的故事在民間廣為流傳，包公的形象亦不斷被豐富、被拔高，成為歷史上的一位「晝斷陽、夜斷陰」的清官。《釣金龜》中張義被害一案，就是這位明察秋毫的包大人戡斷明白的。

　　故事講，宋代市井有一老嫗康氏，丈夫早年去世，孀居守節，茹苦含辛地撫哺養兩個兒子長大成人。長子名叫張萱，次子名叫張義。張萱從小讀書，

年及弱冠便娶妻王氏，王氏不賢，與母親分居另過。大比之年，張萱進京趕考，黃榜高中，點放祥符縣為官。其妻王氏背著婆母和小叔張義悄悄進京，到了張萱的任所，過起錦衣玉食的好日子。次子張義從小失學，忠厚孝順，每日在孟津河下釣魚為生，換得糧米，供奉母親衣食，母子二人相依為命。也是孝感天地，一日張義在河下釣上一隻可以「屙金尿銀放錫拉屁」的金龜。從此，母子得以逃離苦海，再也不受飢寒之苦，二人十分歡喜。康氏囑咐張義，攜帶金龜去祥符縣城尋找兄長，期望一家團聚。不想，張義一去多日，杳無音信。康氏心中不安，親往祥符縣中尋找。行路途中勞累，便在路邊樹下小眠，恍惚之中，見到張義到來，哭泣不止，驚醒過來，知是一夢，但心中生疑，惴惴不安。到了祥符縣衙，長子張萱將康氏迎入內室。康氏詢問張義的下落，張萱吱吱唔唔，語無輪次。在康氏的追問之下，最後才說出張義身染暴病，已然身死。康氏前往靈前哭祭，是夜，張義再次託夢，告訴嫂嫂王氏覬覦金龜，狠心將自己害死。康氏大驚，醒後斷定此中定有隱情，遂到開封府衙包大人處擊鼓鳴冤。

《釣金龜》之康氏（張氏夫人）　　選自《清宮戲畫》

這幀圖畫見自筆者編輯《清宮戲畫》一書（此書已由百花文藝出版社出版），係清宮如意館畫家所繪宮中太監伶人演出《釣金龜》中人物康氏的造像。由老旦應功，頭戴白髮髻，包頭，身穿紫花褶子，手扶木杖，見張義釣來的金龜，作驚喜狀，口中似說：「這就好了。」

　　包拯即刻升堂，問明原委，傳來張萱、王氏到堂質對。王氏一口咬定，張義乃暴病身亡。包公命忤作開棺驗屍，但屍體完好，並無傷痕毒跡，查不出死亡原因，難以上報交差。忤作歸家，茶飯不思。其妻楊氏提醒他，人有七竅八孔，須驗屍身頭頂。忤作頓悟，次日在張義頭頂正中，取出長釘一枚，是致人命喪的鐵證。包拯心細，問忤作是經何人指點。忤作當眾誇獎自己妻子聰明智慧。包拯遂傳楊氏上堂，審問婦道人家，何以知曉此道。楊氏無法迴避，只得招供了自己曾用同樣方法將前夫殺死的罪行。包拯命捕快掘棺，再驗楊氏前夫屍身，果然又從頭頂勘出長釘一枚。就此，斷清了「雙釘大案」。遂將王氏、楊氏兩個兇犯就地正法。張萱被削職為民，同樣予以重處。

《釣金龜》之張義　　選自《清宮戲畫》

這幀圖畫也選自《清宮戲畫》一書，為清宮如意館畫家所繪宮中太監伶人演出《釣金龜》中人物張義的造像。丑角應工，畫小花臉，頭戴草帽圈，身穿茶衣，繫白腰包，一手持魚竿，一手撐腰，挺胸昂首作得生氣狀。其神態好像在說：「我就是不養活你了！」畫工精美，人物造型栩栩如生。

　　《釣金龜》這齣戲是何人編劇？是什麼劇種首演？何時移植為京劇？現已實難考據。而作為京劇出現於舞臺上，應該是在咸同年間就有了。筆者在編輯《清宮戲畫》一書（此書已由百花文藝出版社出版）時，收集到兩幀清宮南府太監演員扮演《釣金龜》的人物造像。一幀係康氏，由老旦應功，頭戴白髮鬐，

包頭，身穿紫花褶子，手扶木杖，見張義釣來的金龜，作驚喜狀，口中似說：「這就好了。」另一張係張義，丑角應工，畫小花臉，頭戴草帽圈，身穿茶衣，繫白腰包，一手持魚竿，一手撐腰，挺胸昂首作得生氣狀。其神態好像在說：「我就是不養活你了！」畫工精美，人物造型栩栩如生。據朱家溍先生說：

> 這類戲畫計有數百張之多，原收藏在慈禧太后的寢宮的大紫檀木櫃裏，原是太后和皇帝的養眼之物。清廷遜位之後，不少流出宮去，散軼民間了。

（見朱家溍《故宮物品點查報告》）

顯然，這一類作品係宮廷「如意館」內畫家們所繪。繪製年代應該早於沈蓉圃的《同光十三絕》。是《釣金龜》最早在宮內演出的實證。據考，沈蓉圃繪製的《同光十三絕》最早懸掛在前門方學圃畫鋪前的時間，是光緒二年（1876）。畫中計有十三位京劇鼻祖，十三齣戲。其中有老生四人：程長庚（飾《群英會》之魯肅），盧勝奎飾《戰北原》之諸葛亮，張勝奎飾《一捧雪》之莫成，楊月樓飾《四郎探母》之楊延輝。武生一人：譚鑫培飾《惡虎村》之黃天霸。小生一人：徐小香飾《群英會》之周瑜。旦角四人：梅巧玲飾《雁門關》之蕭太后，時小福飾《桑園會》之羅敷，余紫雲飾《彩樓配》之王寶釧，朱蓮芬飾《玉簪記》之陳妙常。丑角二人：劉趕三飾《探親家》之鄉下媽媽，楊鳴玉飾《思志誠》之閔天亮。此外，還有老旦一人，那就是郝蘭田演的《釣金龜》，他飾演戲中的康氏。從這裡可以看出，在同光年間，《釣金龜》已是一齣常演的劇目。郝蘭田之所以能夠榮登此榜，說明老旦行的唱腔、唱法已被觀眾認可而得以確立。

郝蘭田，生於道光十二年，即公元 1832 年，歿於光緒二年（1872）。祖籍安徽，係「通天教主」王瑤卿的外祖父。他原本是徽班演員，初習青衣，後工老生。道光、咸豐年間來京，因與程長庚同鄉，加入三慶班。當時，老旦的唱腔極為平淡，也沒有什麼表演身段，一向不被重視，郝蘭田自願改演老旦，吸取各家之長，並把老生唱法糅進老旦唱腔之內，創造出一種風格獨具的老旦新腔，得了觀眾承認。因此，也就提高了老旦行當的地位。凡老旦應工之戲，如《目連救母》、《徐母罵曹》、《遇后龍袍》他都能演，而且，在演唱、表演方面均有創新。其中，尤以《釣金龜》一劇最為拿手。其唱腔高亢有力，蒼老深沉。與譚志道均為京劇老旦的奠基者。後學者有謝寶雲、龔雲甫、臥雲

居士等人，經過他們的共同努力，使老旦一行得以鶴立。而作為近代老旦聲腔藝術的代表，則以龔雲甫、李多奎最為彰顯。劇中的幾段二黃原板「叫張義我的兒呀」和數「二十四孝」，更是膾炙人口，大街小巷，婦孺盡會。不過，早年間的唱法與而今很不相同。郝蘭田、譚志道的唱法無有音像佐證，唯臺灣發行的杜月笙的遺孀姚玉蘭所唱《釣金龜》的錄音，從中似可找到前輩老旦的遺音。

顧曲家張伯駒稱，《釣金龜》這齣戲唯龔雲甫唱得最好，可以與陳德霖、錢金福、王長林並稱「四老」。他在《紅毹紀夢詩注》中，詩讚龔雲甫的這齣戲：

菊壇四老並超群，一戲爭傳釣孟津。只在前臺慳識面，不知君是汴梁人。

在戲班裏，老旦稱「頭牌」是從龔雲甫開始的。他在老旦行當中，可謂承上啟下、繼往開來的一代宗匠。他常演的劇目除《徐母罵曹》、《滑油山》、《沙橋餞別》（飾唐僧）之外，尤以《釣金龜》、《行路哭靈》為最。龔雲甫生前灌過兩張唱片，一為1908年百代公司錄製的《張義進寶》兩面，一為1920年百代公司灌的《行路訓子》兩面。聽起來，可謂句句古法古風，音韻講究，吐字清晰，抑揚頓挫，美不勝收。後來諸輩中，李多奎不僅承其衣缽，而且還有進一步的發展。

至於，早年間《釣金龜》一劇叫不叫《雙釘記》？康氏《行路》、《哭靈》之後，上不上王氏？上不上包公？上不上忤作妻張氏呢？研究者說法不一。竊以為，早年間貼演《全本釣金龜》，是一定接演後半場「包公斷案」的。《梨園舊聞》中有一則故事說：清代淨角麻穆子倒楣，有一次在宮裏唱《釣金龜》，他老老實實按祖宗傳下的本子唱了句「最毒莫過婦人心」，觸犯了慈禧老太后的「忌諱」，立即傳旨，打了麻穆子八十大板。麻穆子一向以飾演包公稱著，審王氏害死張義一案，帶出了張氏謀死親夫一案。所以，才有「最毒莫過婦人心」的唱段。足證早年《全本釣金龜》亦名《雙釘記》是名符其實的事情。

儘管這齣戲不是齣色情的「粉戲」，但有兇殺的內容，而且殺人的手段十分卑劣，所以，在清代這齣戲也一度禁演的。

清余治《得一錄》刊有時人所撰《教化兩大敵論》，言道：

從來天下之治亂繫乎人心。人心由乎教化。教化一日不行。則人心一日不轉教化者。聖王馭世之微權。實人心風俗轉移向背之機不可一日或廢者也。顧欲興教化而不先去其與教化為敵者。則教化必不能施譬之治病。苟邪氣未除。則補劑必不能受。此理勢之所必然者也。

我朝崇儒重道。正學昌明。學宮之外。書院義塾鄉約賓興久著為令。凡所以訓誡小民者。固已無所不至。又復表揚善類。採訪頻仍。凡屬孝子悌弟貞女節婦至行可嘉者。例得褒旌。歲費帑金數十萬。建坊立祠。聿昭盛典。俾人人知所觀感。凡若此者。皆所以振瞶覺聾宏宣教化也。維風俗正人心於是乎在猗歟休哉。固宜薄海內外悉主悉臣。而無敢踰越者矣。孰知近世竟有壞法亂紀。敢與教化為大敵。可為痛哭流涕長太息者。

《釣金龜》龔雲甫飾康氏、慈瑞泉飾張義

龔雲甫（1862～1932）近代京劇演員。名瑗，一說名世祥，北京人。早年業玉器行工人，因愛好京劇由票友加入四喜班拜孫菊仙為師，先演老生；後又拜熊連喜為師，改演老旦。唱腔新穎，做功細膩，富於創造，經常與陳德霖、王瑤卿同臺。光緒三十年選入昇平署。民國後，先後搭鴻慶等各班，與譚鑫培、楊小樓、梅蘭芳等均曾合作。係老旦行的一代宗師。

　　文中對提倡忠孝與渲染「壞法亂紀」的戲劇與書籍之間的得失，提出了嚴肅的質疑。並且，建議凡有違「聖人之立言垂訓」的壞書、壞戲，應該嚴查禁止。清同治十三年（1874）一月十日清政府為了淳化民風，先從戲劇入手進行整頓，曾在《申報》上刊登了《道憲查禁淫戲》的禁令。文中稱：

　　　　淫戲之能傷風化，固盡人而知者也，無如無視習慣使然，遽難禁絕。今道憲沈觀察，藉案欲挽頹風，行縣之檄文內開具查演唱淫戲，久干禁例。……此後各戲館如再不知梭改，仍演淫戲，應即查拿懲究，以昭炯戒等。因將淫戲名目，開單飭飭葉邑尊，並及租界之陳司馬，會同嚴切示禁，將告示實貼戲館，使之觸目警心，違即重究云。噫！此公之力圖整頓，亦煞費苦心矣。惟恐勸者諄諄，聽者藐藐耳。奉禁戲目列之如左：崑曲淫戲：《挑簾裁衣》、《茶坊比武》、《來唱》、《下唱》、《倭袍》、《齋飯》；京班淫戲：《翠屏山》、《海潮珠》、《晉陽宮》、《梵王宮》、《關王廟》、《賣胭脂》、《巧姻緣》、《賣徽（灰）麵》、《瞎子捉姦》、《雙釘記》、《雙搖會》、《截尼姑》」。

（1874 年 1 月 10 日《申報》第 2 頁《道憲查禁淫戲》）

　　《雙釘記》赫然在內。這也是後來只演前半本《釣金龜》，而不演後半本《雙釘記》的原因之一。以至，後半部戲的劇本也沒有傳下來。全本的《雙釘記》所以沒有再唱，還有個原因，就是前半本的老旦唱腔設計得太好了，從「得龜」、「行路」、「訓子」到「靈堂」，幾乎凝聚了老旦的全部聲腔板式，聲情並茂，無可挑剔。而一上老包之後，老旦就沒什麼事了。全劇「一頭沉」，後半部也沒有冒花兒的地方，更無精彩可言。所以，演的、看的都覺得沒什麼意思，也就使後半部戲逐漸從舞臺上消失了。另外還有個原因，舊日戲班裏對老旦一向不很重視，也沒有老旦承班的記錄，老旦的戲碼少，大多排在倒五、倒六上。只有龔雲浦的《釣金龜》和臥雲居士的《太君辭朝》曾排過壓軸。老旦唱全齣的連本大戲是完全不可能的。解放以後，李多奎只唱「寒窯得龜」一場，王玉敏倒是唱過前半齣，直到「靈堂」為止，現有錄音存世，但也只是用於教學而已，沒有售票演出。正是出於這種原因，這齣戲幾乎沒人貼演後半部的。

　　六十年代初期，政府為了繁榮文化，將部分戲劇開禁，北京京劇團「五大主演」馬連良、譚富英、裘盛戎、李多奎、趙燕俠，分別排演了一些傳統老戲，馬先生擬恢復《五更天》，譚富英恢復了《烏盆計》，裘盛戎排演了《探陰山》趙燕俠排演了根據《遊湖陰配》改編的《紅梅閣》。李多奎則要恢復《全本釣金

龜》，也就是《雙釘記》，為了不與「白金蓮」的故事重名，擬貼《雙釘案》。據說，李先生希望後邊的包公煩裘先生上，好壓得住陣角。但裘先生認為這齣戲，包公的份量太輕，是個「挎刀」的活兒，不夠一賣，就藉故推託，不願意接。團裏曾許以在後邊給包公加活兒添唱，但一直拖拖拉拉，沒有響排。

不想，這時北崑演的《李慧娘》演出了事兒來，報紙上開始公開批判「鬼戲」，嚇得團裏把《烏盆計》、《探陰山》、《紅梅閣》統統掛了起來，多爺的《雙釘計》也就胎死腹中了。

一九六三年三月十六日，文化部黨組向黨中央、中宣部呈遞的《關於停演「鬼戲」的請示報告》，其中寫道：

> 我們認為在當前形勢下，就廣大群眾的利益考慮，「鬼戲」有停演的必要；而對劇團來說，也不會有多大影響。具體措施如下：
>
> 一、全國各地，不論在城市或農村，一律停止演出有鬼魂形象的各種「鬼戲」。但原屬「鬼戲」的片斷，而在這一片斷中並無鬼魂出現等迷信成份的折子戲（如《焚香記》的《陽告》、《雙釘記》的《釣金龜》等），仍可演出……。

在這一重要的戲劇文件中，對《雙釘記》還是網開一面的，特准前半部分《釣金龜》可以演出，但後半部分是要「槍斃」的。據說，在團裏學習討論這一文件時，一向不愛發言講話的李多奎先生，曾可可巴巴的說：「依我看，《釣金龜》也別唱了，裏邊數『二十四孝』也是宣傳封建的東西，對革命事業是不利的。」

還有一齣名叫《雙釘記》的戲，是以「潑辣旦」主演的白金蓮的故事，應該說，這才是一齣名符其實的「血粉戲」。

劇情也是寫宋代，開封府市井中有一個裁縫，姓胡，外號叫胡能手。他的妻子姓白，叫白金蓮。這個女人生性風流，不守婦道。平素與綢緞商賈有禮眉來眼去，日久天長，二人便勾搭成奸。胡能手外出做生意，不在家的時候，賈有禮就常溜進胡能手家中，與白金蓮幽會。胡能手的生意不好，家計日趨艱難，白金蓮常藉故與胡能手吵鬧，聲稱要與他離異。胡能手軟弱無能，只好忍氣吞聲地聽之任之。白金蓮一心想與賈有禮作長久夫妻，便產生謀害胡能手的心思。一日，賈有禮趁胡能手不在家的時候，又跑來與金蓮淫樂。恰好此日胡能手掙了點錢，收工又早，在外邊吃了幾杯悶酒後，帶醉而歸。賈有禮躲避不及，就藏入內室暗處。胡能手與白金蓮略微交言，便悶頭睡下。

　　白金蓮心中生惡，就拉出賈有禮，逼他一起謀害能手的性命。賈有禮慌了手腳，死活不肯，白金蓮就以訛罪嫁禍來要挾他。賈有禮無奈，就協助白金蓮一同作案。白金蓮狠毒異常，一手執鐵錘，一手執一鐵釘，瞄準胡能手的頭頂，一錘釘入，胡能手登時斃命。白金蓮假裝好人，請來前後街坊，說能手是暴病而亡。經街坊們驗看無傷，由陰陽先生寫了喪榜，而後便入棺發喪。這齣戲一般演到此處為止。有貼《頭本雙釘記》的，也有貼《白金蓮》的。

　　後一本戲，也是歸到包公斷案的故事，至於是何人告發？如何成案？導致包公審案，因沒有劇本佐證，不得而知。據老藝人講，後邊的戲與《全本釣金龜》的後半場一樣，忤作遍查屍身找不出死因，經過其妻指點，驗出胡能手頭頂上的長釘，使此案真相大白。白金蓮、賈有禮在證據面前認罪伏法。此事引起包拯的懷疑，於是，又發現了忤作後妻楊氏的案外案，被包公一併正法。

《雙釘記》之陰陽　香煙畫片（1928 年）

　　《雙釘記》中的陰陽先生是個小人物，最後一個上場，他的扮像與《請醫》相似，此圖係開殃榜時的模樣。1928 年，上海華成煙草公司將他的肖像印到煙畫上，廣為散發，足以說明這齣戲在當時的紅火程度。

王大錯先生在編纂《戲考》時，曾對這齣戲寫了一段《注釋》：

惟按是劇，應重在後本平反冤獄一段，方與「雙釘」二字之劇
名相稱，且於劇情亦圓滿無憾。若謂僅此（「殺夫」）而已足焉，則
未免使人徒震其名。正曲者其以為何如？前見路三寶演此齣，其一
種兇悍之態，形容頗能盡致。此劇後本析獄一事，人均謂為閻羅包
老之事，而或說則以為是元代姚忠肅公故事，茲不贅言，俟後本當
為詳考。

（見王大錯《戲考・頭本雙釘記敘》）

這是一齣「潑辣旦」應工的「血粉戲」，也是一齣老的傳統戲，在清季同
光年間便有演出。是老伶工楊朵仙把這齣戲演紅的。據《清稗類鈔》所載：

楊桂雲，字朵仙，體胖，善扮貼。面橫闊，多酒肉氣，喉帶北
鄙殺伐之音，半啞而近豻，故長於作潑悍劇。最佳者，如《雙釘計
（記）》，如《送盒子》，如《馬四（思）遠開茶館》，其猛如雌虎，
極奸刁凶淫之致。而又詞鋒鑿鑿，層出不窮，他人為之，無狂屬至
此者。次則如《殺皮》、《十二紅》、《南通州》等劇，凡謀夫害子為
淫婦而具兇悍性者，舉能傚之。善哭善笑，面備春秋兩氣，見所歡，
惟恐不盡其歡；見所惡，惟恐不恣其惡；頑婦情態，描摹入細。且
每至主凶時，心亦似餒，而必強嗤所歡為無丈夫氣，挽袖登床，抽
刀便斷，至此聲色俱厲，喉皆變徵，若惴惴而強以自支也者。及至
訟庭對讞，詞勝則上逼官府，詞敗則雜以詼諧，刁狡淫凶，可歎觀
止。

楊桂雲，本名榮樹，又名得財，字朵仙。藝成後，加入「四喜班」，成為
著名花旦。長子楊孝亭，藝名楊小朵，亦是有名的花旦；次子楊孝方，藝名幼
朵，長於武生，中年因病退離舞臺。後來的「四大鬚生」之一的楊寶森，乃是
孝方的長子，堂兄楊寶忠則是著名琴師。足見楊家子弟家學淵源，才人輩出。
張古愚先生對楊桂雲的身世，寫得更為細緻。他在《往事回憶二則》中寫道：

（楊）寶森家本姓閻，祖父名榮樹，字蓮芬，藝名朵仙，原籍
河北，童年父母雙亡，流落街頭，由四喜班丑角楊五收留。其後即
隨楊五學藝，由師哥羅百歲攜帶，一開始就學文武花旦。楊五有一
子名德雲，小名四兒，學文武老生，未成年病殁。楊五哭子成病，
遂認朵仙為子，楊五為他改姓楊，取名桂雲，由楊五介紹（即以楊

朵仙為名）進四喜班。後來，楊朵仙曾執掌四喜班。楊朵仙娶妻曹氏，是四喜班旦角曹玉慶之胞姐，曹小鳳的姑母，生一女三男，女嫁王瑤卿為原配；長子孝亭，號棣儂、字佩芬，學花旦兼武旦，藝名楊小朵；次子夭亡；幼子名三官，號孝芳，小名幼朵，學武生，出繼於德雲後嗣。從此小朵與幼朵分家，小朵由朵仙攜帶，從小很紅。民國元年，楊朵仙與田際雲等發起，成立正樂育化會，把一向被人們瞧不起的梨園同業提高為正樂育化的工作者。可惜第二年楊朵仙就一病不起。

（見張古愚《往事回憶二則》）

　　其後，田桂鳳、路三寶亦演《雙釘記》，做、表皆承繼楊朵仙，飾演刁婦、淫婦，色情狂、殺人狂之類的不良女性，更具兇悍淫毒之態。令觀劇者莫不不寒而慄，恨之入骨，頓足髮指。這齣戲中有一系列絕活兒，沒有高超的演技是無法勝任的。劇中的白金蓮是個小腳，演員要「踩寸子」上場，必須有過硬的「蹺功」，老一輩名票閻仲裔先生講：

　　　　白金蓮出場後走的蹺步、亮蹺、走花梆子，與丑角調情時走的碎步、抻步、扭妮步、勾連步、橫步、擺步，都是有學問、有講究的。這且不說，她在持釘行兇時，外凶內荏，要通過蹺步反映出她的內心世界，走的是進退步、猶豫步、探步、顫步、狠步、躁子步，沒有深厚的幼功是根本表現不出來的。更有絕的是，白金蓮殺人之後，驚恐失態。在「嘭、嘭、嘭」三鍵子之後，一個「竄子」從帳子裏邊竄出來，有一丈多遠，走一個「屁股座子」，兩隻小腳高舉朝天，雙蹺由僵直，繼而微顫，轉而陣顫，接著狂顫，有兩、三分鐘，神定以後，走「絞柱」，雙肩頂地翻起，蹺如釘子一般立地，講究紋絲不動。接著，一腿上肩，單腿「耗蹺」，慢轉身，轉九十度，直視帳內。而後，雙目癡呆地問賈有禮：「他、他、他，他他他，死了嗎？」直到賈有禮說：「他真的死了！」白金蓮才吐出一口長氣，身子一歪，癱坐在臺板上。沒有這套功夫，誰敢貼演《雙釘記》呀？如果這齣戲沒有這等絕活兒，誰又肯花錢買戲票哪！在舊日的任何一齣戲中，當角兒的沒有拿人的絕活兒，是絕對立不住的。

　　在近代的演員中，唯有筱翠花能承其衣缽，以過硬的表演功夫成為「潑辣旦」的領袖，「刺殺旦」的班頭。

清末著名男旦楊桂雲（朵仙）之便裝照　攝於光緒二十年

楊桂雲（1861～1014），名榮樹，字朵仙，生於北京。原籍河北，童年父母雙亡，由四喜班丑角楊五收收為義子並隨楊五學文武花旦。藝成，進四喜班。以擅演花旦、刀馬、潑辣旦、刺殺旦聞名，尤擅淫女潑婦，舉止行動，兇悍潑辣。拿手戲有《烏龍院》《十二紅》《刺巀》《馬思遠》等。《也是齋》一劇更為勝任，一度執掌四喜班。民國元年，楊朵仙與田際雲等發起，成立正樂育化會。長子楊小朵，工花旦；次子楊幼朵，長於武生，楊寶森兄楊寶忠均係楊桂雲之孫。

　　這齣《雙釘記》因為內容不良，誨淫誨盜，且有殺人恐怖的場子，自清以降，政府多次禁演。但是，終因政治腐敗、社會動盪，所以屢禁不止。直到了民國三十八年，也就是 1949 年 3 月 25 日，解放軍進了北平，當即發佈了《中國人民解放軍北平軍事管制委員會文化接管委員會禁演五十五齣含有毒的舊劇》的公告。公告指出：

　　　　多少年來，大部分舊劇的內容，就是替封建統治階級鎮壓人民
　　的反抗思想和粉飾太平。現在，為了扭轉舊劇以封建利益為本位的
　　謬誤觀點，主管機關已擬定長遠的改革方案和計劃，並決定目前有
　　五十五齣舊劇必須停演，已志二十二日本報，茲將暫時停演劇目刊
　　之於後：

《頭本雙釘記》中毛世來飾演的白金蓮　攝於 1948 年春

毛世來（1921 年～1994 年），山東掖縣人。9 歲入富連成科班，工花旦，兼演武旦。毛世來，著名京劇旦角演員。山東掖縣人。9 歲入富連成科班習花旦、武旦，受業於蕭長華、于連泉、王連平。未出科前曾被選為童伶旦角冠軍。1936 年同李世芳、劉元彤拜梅蘭芳為師。同年被選為「四小名旦」之一。原籍山東掖縣，久居北京。7 歲入富年成科班學藝，受業於蕭長華、于連泉、王連平。曾拜師梅蘭芳。在科班學習時期即已享名，曾被選為「四大童旦」之一。毛世來（1921 年～1994 年），山東掖縣人。9 歲入富連成科班，工花旦，兼演武旦。原籍山東掖縣，久居北京。7 歲入富年成科班學藝，受業。

其一，屬提倡神怪迷信的：《遊六殿》、《劈山救母》（《寶蓮燈》後部）、《探陰山》、《鍘判官》、《黑驢告狀》（《打棍出箱》後部）、《奇冤報》（《烏盆計》）、《八仙得道》、《活捉三郎》（《烏龍院》後部）、《三戲白牡丹》、《盜魂鈴》、《陰陽河》、《十八羅漢收大鵬》、《打金磚》後部（《二十八宿歸位》）、《唐明皇遊月宮》、《劉寶進瓜》、《崑

崙劍俠傳》、《青城十九俠》、《封神榜》（連臺本戲）、全部《莊子》、《飛劍斬白龍》、全部《鍾馗》、《反延安》、《胭脂計》。

其二，屬提倡淫亂思想的：《紅娘》、《大劈棺》（《蝴蝶夢》）、《海慧寺》（《馬思遠》）、《雙鈴記》、《雙釘記》、《也是齋》、《遺翠花》、《貴妃醉酒》、《殺子報》、《胭脂判》、《盤絲洞》、《雙搖會》、《關王廟及嫖院》（全部《玉堂春》前部）……。

《雙釘記》就此遭禁。1950 年之後，文化部又陸續公布 22 齣全國禁演劇目，《雙釘記》（一名《白金蓮》），以內有「淫殺成分」，再度嚴格禁演。從此，這齣戲被徹底趕下舞臺，再也沒有恢復。

附：《頭本雙釘記》（《白金蓮》）根據 1921 年
王大錯編著《戲考》整理。見本書下卷。

《翠屏山》——
從《翠屏山》談到譚鑫培、路三寶

翻看民國初年天津刊印的《日下梨園百詠》一書，其中有醉薇居士寫的一首詠《殺山》，五言八韻，將《翠屏山》一劇的關目寫得清晰明白，十分規整，作為資料特錄之於下：

> 此婢靈而狡，深窺主母情。閨中奸計設，座後笑客迎。壯士窮途恥，癡翁詬語明。人心多變幻，婦舌慣紛爭。又報花雙蒂，相逢月一更。案無金鴨影，門有木魚聲。紅袖甘同死，青山不鑒誠。憐他伶俐甚，血刃慘交櫻。

一部《水滸傳》大凡寫到女人的時候，施耐庵也好，羅貫中也好，都是與女人過不去的，在他們的筆下潘金蓮、潘巧雲、閻婆惜等人，都是不守婦道，淫浪萬分的壞女人，最終都要挨上一刀，被英雄好漢們結果了性命。興於元明時期的崑曲，早就都把這些故事編排成戲，謂之《殺嫂》、《殺惜》、《殺山》，三齣並列，合而稱為「三殺」。

《翠屏山》一劇是京劇從崑曲《殺山》增益首尾，移植演變出來的。二百年來，經過無數名角們的修改打磨，最終成為一齣京劇的「骨子老戲」。

《翠屏山》的故事出自《水滸傳》第四十四回至四十六回，從「病關索長街遇石秀」一章起，一直寫到「病關索大翠屏山」為止。劇情為薊州縣兩院押獄兼充市曹行刑劊子楊雄，一日公幹歸來，被地痞流氓恣擾，石秀看之不公，出面將一般惡人擊退。自此，二人結拜金蘭之好。楊雄出資，幫助石秀開了一間肉鋪經營。楊雄之妻潘巧雲生性風流，紅杏出牆，與和尚裴如海私通。

此事被石秀所見，乃告知楊雄。楊雄醉歸，指責潘巧雲不守婦道。潘巧雲及婢女迎（鶯）兒沆瀣一氣，反誣石秀調戲了她們。楊雄不察，聽信了潘巧雲的花言巧語，遂與石秀絕交。石秀與潘巧雲反目，憤而出走。是夜，石秀藏身楊雄門側，待裴如海前來幽會之時，以刀斷其性命。在罪證面前，楊雄始悟，與石秀定計，誆潘巧雲及迎兒來到翠屏山，逼問姦情。迎兒與潘巧雲萬分懼怕，如實吐露實情。石秀威逼楊雄殺死了潘巧雲和婢子迎兒。事後，雙雙投奔梁山。

依書中所寫，潘巧雲死得非常慘：

楊雄揪過那婦人來，喝道：「賊賤人！丫頭已都招了，你便一些兒休賴，再把實情對我說，饒你這賤人一條性命！」那婦人說道：「我的不是了！你看我舊日夫妻之面，饒恕了我這一遍！」石秀道：「哥哥，含糊不得！須要問嫂嫂一個從頭備細原由！」楊雄喝道：「賤人！你快說！」那婦人只得把和尚二年前如何起意；如何來結拜我父做乾爺；做好事日，如何先來下禮；我遞茶與他，如何只管看我笑；如何石叔叔出來了，連忙去了；如何我出去拈香，只管捱近身來；半夜如何到布前我的手，便教我還了願好；如何叫我是娘子，騙我看佛牙；如何求我圖個長便；何何教我反問你，便熱得石叔叔出去；如何定要我把迎兒也與他，說：不時我便不來了：一一都說了。石秀道：「你怎地對哥哥倒說我來調戲你？」那婦人道：「前日他醉了罵我，我見他罵得蹺蹊，我只猜是叔叔看見破綻，說與他；也是前兩三夜，他先教道我如此說，這早晨把來支吾；實是叔叔並不曾恁地。」石秀道：「今日三面說得明白了，任從哥哥心下如何措置。」楊雄道：「兄弟，你與我拔了這賤人的頭面，剝了衣裳，然後我自伏侍他！」石秀便把婦人頭面首飾衣服都剝了。楊雄割兩條裙帶把婦人綁在樹上。石秀把迎兒的首飾也去了，遞過刀來，說道：「哥哥，這個小賤人留他做甚麼！一發斬草除根！」楊雄應道：「果然！兄弟，把刀來，我自動手！」迎兒見頭勢不好，待要叫。楊雄手起一刀，揮作兩段。那婦人在樹上叫道：「叔叔，勸一勸！」石秀道：「嫂嫂！不是我！」楊雄向前，把刀先挖出舌頭，一刀便割了，且教那婦人叫不得。楊雄卻指著罵道：

「你這賊賤人！我一時誤聽不明，險些被你瞞過了！一者壞了我兄弟情分，二乃久後必然被你害了性命！我想你這婆娘，心肝五臟怎地生著！我且看一看！」一刀從心窩裏直割到小肚子下，取出心肝五臟，掛在松樹上。楊雄又將這婦人七件事分開了，卻將釵釧首飾都拴在包裹裏了。

（《水滸傳》第四十五回《病關索大鬧翠屏山，拚命三火燒祝家店》）

清代宮廷畫《翠屏山》　繪於清代同光年間

明人沈自晉寫有《翠屏山》傳奇，也是這齣戲的先聲，收錄在他撰寫的《南詞新譜》之中。不過，沈自晉也是個封建衛道士，他寫的「石秀殺嫂」，突出地表現了水滸英雄們的快意恩仇、豪氣干雲，對後世伶人塑造梁山好漢起到了先導作用。當然，他對女主角潘巧雲一味貶低，也就使之失於流俗了。

　　文中有一句話說「楊雄又將這婦人七件事分開了」，很多讀者都不明白這「婦人七件事分開了」是怎麼回事兒？其實，就是把這個女人「肢解」、「碎

屍」了。楊雄的職業就是個行刑的劊子手，殺人、解屍是他的老本行。「七件事」指的是什麼？一般的說是指「頭臚、雙手、雙足、生殖器、心臟」；而「婦人的七件事」，則指的是「頭臚、雙乳、雙足、雙手」（因心肝五臟早已摘去，被楊雄掛在了松樹上）。就說潘巧雲犯了「七出」之罪，也不至於遭此荼毒。石秀、楊雄對之施以私刑，其手段也太慘無人道了。幸好在京劇舞臺上還沒有剖腹挖心的表演，但就其內容來看，自然是列入「血粉戲」之內的了。作家王蒙在《中國天機》一書中，批評封建社會殘害婦女時寫道：

> 不一定非得騎上木驢不可，只消看看《水滸傳》中的英雄好漢
> 是怎樣手刃淫婦的，你就能活活嚇死，武松殺嫂、石秀殺嫂、宋江
> 殺妻……甚至有殺後掏出淫婦的腸子心肝等內臟的場面，血腥性殘
> 暴性登峰造極。

（王蒙《中國天機》）

《翠屏山》劇照　攝於清光緒二十年

這張劇照攝於清末內廷演戲之時，一代宗師譚鑫培飾石秀（右一），余玉琴飾潘巧雲（左二），田桂鳳飾平兒（左一）。譚鑫培不僅唱老生，還兼演武生，他飾演的石秀是後輩武生演員的範本。

　　有考據家說：翠屏山實有其址，應該在燕京薊門的郊外，大概就是今日北京的西山。據《金史》記載：世宗皇帝曾對他的宰相說：「朕前將詣興慶宮，

有司請由薊門，朕恐妨市民生業，特從他道。」《析津志》也載：「薊門，在古燕城中，今大悲閣南行一里。」據說，薊門外的翠屏山上原有一座「舞鳳樓」，當地人說，這座「舞鳳樓」就是當年潘巧雲梳妝的地方。不過年久失修，歲月遷變，這些舊跡終當無考了。清初名人冒襄（闢疆）裔孫冒鶴亭曾有詩《詠翠屏山》，詩中還談到了潘巧雲：

> 日落翠屏山，驅車過其石。人言潘家女，嫁作楊氏婦。小吏府中趨，空房愁獨守。情天有壞空，佛法無淨垢。阿難戒體毀，觀音鎖骨朽。至今梳妝樓，隱約蔽楊柳。一客聽未終，正襟屢搖首。虞初說九百，不上君子口。悠悠滕薛爭，焉能置可否！呼童且晚炊，為我熱斗酒。宣和今已遙，此事莫須有。

（《永嘉詩人詞學叢刻》）

從這首詩來看，有關「石秀殺嫂」的故事在民間流傳甚廣，非虛幌之言。明人沈自晉寫有《翠屏山》傳奇，也是這齣戲的先聲。沈自晉（1583～1665）這個人，字伯明，晚字長康，號西來，雙號鞠通。生於明萬曆癸未年，卒於清康熙乙巳年，享年八十三歲。他一生淡泊功名，富有文才，而且酷好戲劇，終生鑽研不息。《翠屏山》傳奇就收錄在他撰寫的《南詞新譜》之中。不過沈自晉也是個封建衛道士，他寫的「石秀殺嫂」，突出地表現了水滸英雄們的快意恩仇、豪氣干雲，對後世伶人塑造梁山好漢起到了先導作用。當然，他對女主角潘巧雲的一味貶低，也就使之失於流俗了。

這齣戲原是以短打武生擔綱主演的，早年間，譚鑫培擅演此劇，他在劇中飾演石秀，獨闢蹊徑，創造出不少新的表演程式，向為時人稱道。筆者收藏有一幀《翠屏山》的老劇照，從老舊程度和演員年齡來估計，應該攝於清光緒二十年左右。譚鑫培飾演石秀，余玉琴飾潘巧雲，田桂鳳飾演迎兒。照片雖老，但人物各個神采奕奕，更有性格，均在戲中。

早年間，伶界中的生行包括的內容很廣，文老生、武老生、大武生、短打武生、紅生，均囊括在生行之內。譚鑫培工老生，但也要兼演武生，他飾演的黃天霸、石秀等角色，都是後輩武生演員的範本。這齣戲的唱腔設計上，也包含有他的不少貢獻。如石秀唱的一段〔西皮快三眼〕，一直被視為唱腔中的瑰寶，早在民國初年就被物克多等唱片公司多次翻錄，恩曉峰、馬連良、譚富英、李萬春等名家均有唱片傳世，一直傳唱至今：

> 石三郎進門來鶯兒罵道，只氣得小豪傑臉上發燒。忍不住心頭

火與她爭吵，還看在楊仁兄生死故交。走向前施一禮老丈別了，俺
此去奔天涯海走一遭。謝過了潘老丈恩高義好，令愛她待石秀不如
蓬蒿，俺一見潘家女就把牙咬！

（1938 年李少春《翠屏山》錄音）

早年間，在譚鑫培和「紅眼四兒」王福壽演《翠屏山》時，全劇還是以生
角為主，可到了路三寶登場配演潘巧雲時，他那活潑高超的演技，使旦角的
戲大出風頭，這才出現了與生角分庭抗禮的勢頭。

出版於 1928 年的《梨園外史》，是老一輩的劇評家潘鏡芙和劇作家陳墨
香一起合著的一本書，雖說是以小說的形式出現，但詳實地記錄了清末民初
時期的許多梨園典故。其中有一節寫道：

　　（某年）五月十一日，是中堂夫人生辰。這年又傳了無名班演
戲。派了一齣《翠屏山》，是紅眼四兒的石秀，小李五的楊雄。扮潘
巧雲的花旦喚做路三寶，是山東科班的徒弟，甲午年由河南來到京
都，今已成了京中名宿。扮相蹺工，都還不錯，《殺山》一場的跟斗，
頗見精彩。那日墨香坐在老中堂身旁，中堂道：「我知你是不甚喜看
旦戲的，但這個三寶實不可厚非，小桂鳳、楊朵仙都壓他不住，總
算不含糊。」瓜爾佳坐在中堂的上首，笑道：「三寶果真不差，他是
當初內務府大臣立豫甫最賞識的。豫甫存日，還給他做了不少的行
頭。他也還算有良心，不負豫甫，總算是個義伶。」

（潘鏡芙陳墨香《梨園外史》）

路三寶，本名振銘，字厚田，號芷園，又號玉珊，原籍山東歷城。生於光
緒三年（1877）；逝於民國七年（1918）。幼年坐科於章邱慶和科班，初學鬚
生，後改花旦，以演玩笑戲為主，兼演刀馬旦。他來到北京以後，搭班唱戲，
曾和譚鑫培演出《坐樓殺惜》、《翠屏山》，頗得好評。路三寶身量較高，臉形
較胖，上狹下寬，眼睛小、薄嘴唇，扮齣戲來很不好看，一臉「慘厲氣色」，
有點兒像「母老虎」。所以他潑辣旦、刺殺旦最為勝手。像《刺嬸》、《殺惜》、
《殺山》，《雙釘記》、《殺子報》，都是他的拿手戲。他能把各色的「淫婦」、
「蕩婦」、「色情狂」、「殺人狂」，發揮得淋漓盡致。而且，他的京白爽朗，撲
跌矯健，而且會恰到好處的「搶戲」、「奪戲」，能力差一點的演員莫不怵其三
分，不敢跟他唱對手戲。只要是路三寶演的戲，原本只能排在前三齣的戲碼
兒，也可以排到倒三或壓軸了。

《翠屏山》　清季楊柳青木版年畫

年畫是舊日中國老百姓最喜聞樂見的室內裝飾畫，從市場買回家中，一掛就是一年，影響十分深廣。這幀畫中的情節是潘巧雲與石秀吵架一場。潘巧雲與和尚裴如海私通一事被石秀識破，潘巧雲反誣石秀不軌，氣得石秀怒火中燒，憤然出走。

　　就拿《翠屏山》這齣戲來說，路三寶飾演的潘巧雲出場前，幕後的一句〔叫頭〕:「好不煩悶人也──」，就活脫脫道出了潘巧雲的一種紅杏出牆的心情，她即興奮又焦躁，聞其聲便以見其人了。出場後，開始展示蹻功，左擺右搖，一連串的扭捏作態，如同一隻花蝴蝶一樣，頓使春色滿園。再加上一副勾人眼神，頓使臺下一通叫好。隨後幾個照鏡子的身段，嫋嫋婷婷、顧影自憐，把一個風騷婦人刻畫得出神入化。接著起唱:「潘巧雲悶悠悠愁思滿腔，想起了與海師傅不能久長。」而下是一段輕浮撩人的獨白，伴隨瑣碎的小動作，展現出一個為情纏繞得神魂顛倒的花癡神態。道白後，走一個甩袖碎步和兩個旋風轉身，再回首翹足，旋轉落座，翹起二郎腿來擺弄自己的「三寸金蓮」。這段「悶騷」的表演都是路三寶的發明。至於《殺山》一場，踩著蹻做出的一系列翻撲、跪蹉、屁股座子等高難動作，也是從路三寶處興起來的，後來被多人移用。

　　光緒三十二（1907）年，路三寶曾應朝鮮特使之邀，到平壤望京劇院參加開幕慶祝演出，同行的還有馬德成、郝壽臣等人，可以說在當時是一件十分光彩和轟動的事兒。由此，可以看出路三寶在當時劇壇的地位和影響，他比梅蘭芳出國獻藝可早了十多年。稱得上是一位在「海外弘揚京劇藝術的先驅」。

以花旦的表演藝術而論，路三寶的功不可沒。「四大名旦」中的梅蘭芳、尚小雲、荀慧生都是路三寶的弟子，都向他學過花旦戲。于連泉的「筱派」藝術，也是從路三寶的演技中變化出來的。梅蘭芳在《舞臺生活四十年》一書中，特別寫到了路三寶對他的影響。他說，他演《貴妃醉酒》就向路三寶先生學來的：

> 路先生教我練銜杯、臥魚以及酒醉的臺步、執扇子的姿勢、看雁時的雲步、抖袖的各種程式，未醉之前的身段與酒後改穿宮裝的步法。他的教授法細緻極了、也認真極了。我在蘇聯表演期間，對「醉酒」的演出得到的評論，是說我描摹一個貴婦人的醉態，在身段和表情上有三個層次，始則掩袖而飲，繼而不掩袖而飲，終則隨便而飲。這是相當深刻而瞭解的看法。還有一位專家對我說：「一個喝醉酒的人實際上是嘔吐狼藉、東倒西歪、令人厭惡而不美觀的；舞臺上的醉人，就不能做得讓人討厭。應該著重姿態的曼妙，歌舞的合拍，使觀眾能夠得到美感。」這些話說得太對了，跟我們所講究的舞臺上要顧到「美」的條件，不是一樣的意思嗎？

（梅蘭芳回憶錄《舞臺生活四十年》）

但是也有人並不喜歡路三寶，老顧曲家唐魯孫先生說他兒時看路三寶的戲時，寫道：

> 筆者聽路三寶的時候，尚在髫齡，那時路三寶已過中年，聽了他的《雙釘記》的白金蓮，《馬思遠》的趙玉兒，「行兇」一場披頭散髮，戟手咬牙，臉上抹了油彩，滿臉兇狠淫毒之氣，望之令人生畏，所以不愛看他的戲。

（見唐魯孫著《大雜燴》《曉乘》）

路三寶雖然擅演「淫婦」「蕩婦」，但在臺下的口碑極佳，內外行均稱其為「義伶」。陳墨香在《伶人外史》中談到，「演《翠屏山》路三寶雖是伶人，卻有一事頗覺可風。」他寫道：

> （路三寶）受過立豫甫（立山）許多恩惠，常到他的宅中。這一年立豫甫正作戶部尚書，他的家資富厚，一般旗下權貴，因羨生妒，都和他不對，偏皇太后十分寵信。有一次學士陳秉和上摺子參山東巡撫張汝梅，帶了立豫甫幾句，不但沒準，僅將陳秉和傳旨申飭。只立豫甫為人還不甚糊塗。端王引用義和拳要與外

洋開戰，立豫甫道：「拳民是邪術，怕信不得。」端王惱了，在太后面前說了立豫甫許多壞話；侍郎宗室溥玉岑也奏參尚書立山私通外國，大逆不道。太后雖是喜歡立豫甫，當不得這些天黃貴冑極力排擠，即傳旨將立山正法。綁赴市曹的那一日，路過宣武門，忽然見幾個人趕來，跪在地上放聲痛哭。立豫甫睜眼一看，為首的一人生得粉妝玉琢，正是自家賞識的那個三寶。後面一個是武旦的朱文英，其餘也都是梨園的老闆。立豫甫歎息道：「前年張樵野充軍，京中偽傳花旦秦五九給他送行，其實並無其事。不想我今日倒得列位前來一別。」不多時，來在市曹，監斬官徐楠十已到，立豫甫吃劊子手江姓扶入席棚斬訖。三寶等大哭一場，將帶來的棺木收殮了立豫甫的屍首，抬往老牆根廣慧寺停放。那立尚書居官多年，朝士受他栽培的不知多少，此刻都怕連累，躲的無影無形。

（潘鏡芙陳墨香《梨園外史》）

民國以後，著名演員蓋叫天、麒麟童、馬連良、李萬春、厲慧良、張少麟等也都擅演《翠屏山》，遵從的都是譚鑫培的路子。而荀慧生、筱翠花、芙蓉草、毛世來，坤伶吳素秋、白玉薇、李玉茹、李硯秀等人飾演的潘巧雲，則就各施所長，各有發揮，與路三寶的路子已迥然不同了。

因為《翠屏山》這齣戲的劇情涉及通姦和兇殺，在清代同治年間就被列為禁戲，寫入《永禁淫戲目單》，「永不許唱」。此後，在清同治十三年（1874）一月十日政府頒布的《道憲查禁淫戲》，以及光緒十六年（1890）六月十四日政府頒布的《禁止淫戲公告》中，均把禁演《翠屏山》放之首位，違者將問罪重罰。奈何「石秀殺嫂」的故事，在民間早已根深蒂固，因此禁而難止，各班依舊唱來。

1921年，旅美華僑青年梅雪儔、劉兆明等人投資，在美國紐約成立了長城畫片（電影）公司，希冀通過製作愛國影片，端正海外視聽。他們在美國拍攝了兩部介紹中國民族服裝和武術的短片以後，於1924年將公司遷到上海。以「移風易俗、針砭社會」為己任，先後拍攝了反映婦女職業問題的《棄婦》、戀愛問題的《摘星之女》、婚姻問題的《愛神的玩偶》等問題劇影片，頗受進步輿論的好評。1927年，在電影公司兼職導演的楊小仲，抓住了《石秀殺嫂》這個戲，把它改編成電影，由劉繼群、洪警鈴、王桂林主演。影片頭一次從批

判的角度抨擊了封建社會對婦女的摧殘和對女權的壓制，與歐陽予倩所寫的《武松與潘金蓮》有著異曲同工之妙。放映之後，社會反響也十分強烈。

北京京劇院《翠屏山》劇照　攝於 2011 年

2011 年 6 月 4 日，由北京京劇院梅蘭芳京劇團復排的骨子老戲《翠屏山》，潘巧雲由青年花旦演員索明芳擔任。她為了演好這齣戲練習蹺功十年之久。索明芳，畢業於中國戲曲學院，是現今為數不多的筱派繼承人之一。師承趙乃華、艾美君、張正芳、李硯秀、張逸娟等眾多名家，常演劇目有《瀟湘夜雨》、《烏龍院》、《百花贈劍》等戲。

　　1948 年，解放軍進了北京，《中國人民解放軍北平軍事管制委員會文化接管委員會禁演五十五齣含有毒的舊劇》的公告正式在報上發表，《翠屏山》被劃入「屬表揚封建壓迫的」戲劇一類，與《斬經堂》《鐵公雞》等戲一併禁演。從此將《翠屏山》趕下了舞臺。筆者第一次看這齣戲的時候，是在 1957 年的除夕之夜，由李萬春、李硯秀夫婦在北京長安大戲院演出。此時，全劇已經過重新整理改編，將一些色情、兇殺的部分悉數刪去，當時也未見有何精彩。不久，這齣戲再次遭禁，而且一禁長達半個多世紀。直到 2011 年 6 月 4 日，由北京京劇院梅蘭芳京劇團才復排這齣骨子老戲《翠屏山》，在長安大戲院正

式演出。劇中的潘巧雲的是由優秀青年花旦演員索明芳飾演。索明芳為了演好這齣戲，師承趙乃華、艾美君、張正芳、李硯秀、張逸娟等眾多名家，苦練蹻功十年，以再現「筱派」的藝術風采，這種精神是難得可貴的。

附：《翠屏山》劇本，根據 1923 年王大錯編著《戲考》整理。

見本書下卷。

《武松殺嫂》——
從《武松殺嫂》談到楊月樓、歐陽予倩

　　有關武松的戲劇出現得也很早，如收錄在明代無名氏輯《歌林拾翠》中的《義俠記》就有《武松打虎》、《金蓮誘叔》、《挑簾遇慶》。《王婆巧媾》等四出。收錄在錢德蒼編選的《綴白裘》中的《義俠記》則有《打虎》、《戲叔》、《別兄》、《挑簾》、《做衣》、《捉姦》、《服毒》近十齣。這些崑曲折子戲很早就被搬上舞臺，由於曲詞樸實，賓白通俗，加之插科打諢，形象表演，就進一步促進了武松故事的傳播。

　　《武松殺嫂》一劇是從武松打虎開始，武松在縣中得了榮耀，太爺賞賜十字披紅、跨馬遊街。在街上遇見了失散多年的兄長武大郎。武大郎生得醜陋、身材短小，賣豆腐為生，卻娶得了一位風騷漂亮的潘金蓮為妻，武松見過，呼為嫂嫂。武大邀武松到家中居住，潘金蓮見武松生得英俊魁梧，心生愛慕。待武大不在家的時候，便置酒挑逗。武松大怒，以大義斥之，從此移居於外。這一折戲名為《戲叔》。

　　不久，武松受命赴東京公幹。一日，潘金蓮在家中開窗挑簾，不意挑杆墜地，正打在自此經過的土豪西門慶的頭上。金蓮下樓致歉，二人眉來眼去，各自生情。這些皆被王婆看見，西門慶買通王婆，借裁剪衣服為由勾引金蓮。王婆從中捏合，二人勾搭成奸。此後，明來暗往，私通無度。這一折戲，則叫《挑簾裁衣》。不久，二人的姦情被賣梨的惲哥撞破，惲哥告知武大，二人一起捉姦。西門慶一足將武大踢傷，金蓮怕事情敗露，遂與西門慶密議毒死了武大。火化之日，何九叔藏起武大一段骨骸。不久，武松回來，見兄長已死，

又發現金蓮語言吱唔，斷定必有隱情。復從何九叔處得知原委，決意為兄報仇，先上獅子樓殺死了西門慶。而後，邀集街坊四鄰在武大靈前，審得王婆說出實情，遂當眾殺死了潘金蓮，而後赴衙自首。是劇到此為止，至於「大鬧飛雲浦」、「血濺鴛鴦樓」等情節，則不在《武松殺嫂》劇中了。據《日下看花記》記載，清乾嘉時期，這齣戲就已搬上舞臺，且以春臺部的伶人吳秀林演得最為襯手。

> 秀林姓吳，年十六歲，揚州人。春臺部。與九林皆新到，演《挑簾》、《裁衣》不露淫佚，別饒幽媚。身材姿色，柔軟相稱，性情亦恬靜，聲音宛轉關生，清和協律。花間月下，一二知己，細斟密酌，時秀林在側，必能貼妥如人意也。繡雲山人有詩云：「暖風吹軟小腰肢，況復蟬連勸酒卮。一抹酥胸雙玉腕，十分炫耀解衣時。」

> （見清小鐵笛道人著《日下看花記》）

文中講吳秀林所飾潘金蓮「不露淫佚，別饒幽媚」。但是，這齣戲描繪男女私通時，「十分炫耀解衣時」的香豔色情則是這兩折的「戲核兒」。當時的政府就把這齣戲納入「淫戲」之中，一再干預，直至禁演。更有甚者，人們還把意想不到的天災人禍，也算到這齣戲的頭上。道光十五年刊行的《一得錄》中，記有《京江誠意堂戒演淫戲說》一文，文中直言不諱地提出某某戲臺著火，就是因為演了這齣戲的緣故，現將全文錄之於下：

> 甲午年。本郡岳廟戲臺樓屋一進。突於十一月廿一日。焚毀淨盡人咸駭然。覺神廟不應如是。及推原其故乃前一日。鞋店演戲酬神。曾點《挑簾裁衣》、《賣胭脂》等淫戲。故廿一日晚。即有此異。核並無人。只貯戲箱數隻。竟不識火所自來。且臺後木香亭。地至切近。而花藤絲毫無損。惟獨毀斯臺。足見淫褻之上干神怒也。要知在廟酬神。惟宜演忠孝節義諸戲。庶昭激勸。若好演淫邪。圖悅耳目。則年少狡童。觀之意蕩無知婦女。見之情移。喪節失身。皆由於此。抑思見人好淫。尚宜勸阻。今乃告之以淫事悅之以淫辭。惑之以淫態。若惟恐人不好淫而必欲誨之以淫者。有是理乎。即稍知禮義人。尚目不忍視。豈可幹瀆神明。嗣後邑人酬願。務貴虔誠。切勿祈神而反褻神。不能修福。而反以造孽也。事關風俗人心。願樂善君子。敬體神意。廣為勸諭。幸甚。

清末伶人楊月樓便裝像　攝於清代光緒中年

楊月樓（1844～1889），名久昌。譜名久先，懷寧石牌楊家墩人，清咸豐間隨父到北京天橋賣藝，被徽班名角張二奎收為弟子，使習武生。後工文武老生，初在上海搭班，隸丹桂園。所演《安天會》《蟠桃會》《武松殺嫂》等戲，享名一時。名列「同光十三絕」。

　　《武松殺嫂》一劇全部演來，儘管非議累累，但因為故事曲折、情節生動，一直貼演不衰。直到京劇形成之際，這齣戲也從崑曲中移植過來，成為京劇開山作品之一。不少名家演之，尤以楊月樓的演出最受人們歡迎，時人有《竹枝詞》云：

　　　　二桂名園賭賽來，一邊收拾一邊開；月樓風貌倌人愛，不羨紅
　　妝浪半臺。

　　（見清晟溪養浩主人《戲園竹枝詞》，同治十一年（1872）
　　七月九日《申報》）

　　楊月樓，本名久先，從藝後改名久昌，字月樓。他是安徽懷寧人，為同治年著名京劇武生。他生得體魄魁梧，嗓音洪亮，演技高超，文武皆能，而且生得儀表堂堂，扮相英俊，有「天官」之譽，尤以飾演武松貌美英俊，是一個頂天立地的漢子；武大郎醜陋懦弱，人稱「枯樹皮、三寸丁」；這些在一個心胸自負的女人心目中，會產生多麼強烈的反差。不想又出現了一個貌美心黑的西門慶，這一切造成的戲劇衝突，成為百年來觀戲者見仁見智、爭論不休的話題。

《武松殺嫂》中的四個主要人物——武松、潘金蓮、西門慶和武大郎

　　楊月樓飾演武松一類的英雄人物最為稱手。清同治十一年（1872 年），他應邀南下，來到了上海，加入以武戲著稱的金桂軒（班），掛頭牌主演。在臺上，他以北方男子的英武陽剛，博得滬上眾多女觀眾的愛慕。當時有化名「海上逐臭夫」者在《申報》撰《竹枝詞》寫道：

　　　　金桂何如丹桂優，佳人個個懶勾留；一般京調非偏愛，只為貪
　　看楊月樓。

　　尤其他演出的連臺本戲《梵王宮》、《武松》等，傾倒許多女觀眾。其中、有一位廣東韋姓大商人的千金小姐韋阿寶，隨同母親連看了三天楊月樓的《武松》，從此就愛上了楊月樓。彼時阿寶年方十七，情竇初開，她情不自禁地私下修書，向月樓示愛。楊月樓也正值風華正茂，對此女也頗為動心。然而，他深知門第不當的後果，起初不敢應允。誰知阿寶相思成疾，一病不起，其父遠在外埠，鞭長莫及，其母救女心切，順從女兒的心意，請人轉告楊月樓，要求延請媒妁求婚，以明媒正娶。月樓深為感動，決心不顧安危迎娶阿寶。誰知阿寶的叔父大為震怒，聯合了廣東商紳，以族親鄉黨的名義，狀告楊月樓誘拐阿寶。在舉行婚禮當日，衙門派出差役拘捕了楊月樓和韋阿寶，並起獲了陪嫁財物，作為誘拐的物證。

　　審理此案的上海縣知縣葉廷春也是廣東人，受同鄉囑託，加重處罰，當

堂嚴刑逼供，「敲打楊月樓脛骨百五」，「批掌女（阿寶）嘴二百」。面對殘暴的迫害，楊月樓始終不悔，申辯婚姻的正當理由；阿寶更是頑強，聲言非楊不嫁。《申報》用大量篇幅報導了楊、韋的婚戀與案件的審理刑詢的過程，引起輿論大嘩。《申報》主筆發表評論，責問縣令以何根據施以重刑？特地發表《本館覆廣東同人書》，嚴正地指出：

> 楊月樓不過一優人已矣，而所出案情實為當今之大事也。固不以楊月樓一人所幹而論也，以兆民之得失、國家之尊嚴兩者所關係而論之耳。此案也非上海一隅之人所共為稱論者耳，實在中國十八省傳揚已遍矣。非為中華一國內之人所談論，經英京大新報名代默士（今譯泰晤士）亦為傳論，幾天下士人無一人不知悉也。

但是，楊月樓最終被屈打成招，承認誘拐韋阿寶為妻。此案在上海縣判決後，發到松江府複審。楊月樓在府衙翻供，但縣令依舊維持原判，解送省裏。到南京後，楊月樓再次翻供，而江蘇省臬臺不及細問，又把案件退回松江重審。如此，拖了兩年之久。直到光緒元年（1875 年）三月，刑部批文准招依誘拐律，判決楊月樓充軍黑龍江，即日發遣。刑部科罪，已成鐵案，楊月樓萬念俱灰。可是天無絕人之路，這年同治去世，光緒登基，垂簾聽政的慈禧太后大赦天下。楊月樓也被赦免放歸。但因脛骨受傷，不能再演武戲，遂拜程長庚為師，改演老生。這樁故事被後人編成小說，成為「清末四大奇案」之一。

在上海縉紳的眼中，這都是因為演出《挑簾裁衣》、《武松殺嫂》等「粉戲」、「淫戲」，亂人心性，才導致有傷風化的結果。他們聯名具文呈請縣令葉廷春禁演「淫粉兇殺之戲」。葉廷春認同此議，於同治十二年（1873 年 1 月 7 日），頒布了《嚴禁婦女入館看戲告示》。並以此案為例，不僅禁演了《挑簾裁衣》、《武松殺嫂》等戲，而且還頒布了《道憲查禁淫戲》。文告稱：

> 「淫戲之能傷風化，固盡人而知者也，無如無何，習慣使然，遽難禁絕。今道憲沈觀察，藉案欲挽頹風，行縣之檄文內開；查演唱淫戲，久干禁例。近來各國租界內，各戲館每有演唱淫戲，引誘良家子女，始優伶楊月樓，凡演淫戲，醜態畢露，誘人觀聽，以致作奸犯科，傷風敗俗，其此為甚。除楊月樓犯案由縣按例嚴辦外，此後各戲館如再不知梭改，仍演淫戲，應即查拿徵究，以昭炯戒等。因將淫戲名目，開單箚飭葉邑尊，並及租界之陳司馬，會同嚴切示

禁，將告示實貼戲館，使之觸目警心，違即重究云。噫！此公之力圖整頓，亦煞費苦心矣。惟恐勸者諄諄，聽者藐藐耳。奉禁戲目列之如左」云云。

（見 1874 年 1 月 10 日《申報》《道憲查禁淫戲》）

《武松與潘金蓮》歐陽予倩飾潘金蓮、周信芳飾武松　攝於 1928 年

歐陽予倩（1889～1961）原名歐陽立袁，號南傑，南瀏陽人。1902 年東渡日本，先後在明治大學、早稻田大學文科學習。1907 年參加「春柳社」，開始投身戲劇藝術。二十年代，他以新的觀點推出《武松與潘金蓮》一劇，站在女權的角度給潘金蓮翻案。這齣戲對傳統思想給予了巨大的衝擊。隨之，全國的舞臺上掀起了久演不衰的「武潘熱」。

但是，禁風一過，死灰依舊復燃，而且越燃越炙，《武松殺嫂》演得更加熱鬧。到了光緒十六年（1890），上海英會審員蔡太守接到蘇藩司黃方伯的命令，再一次發布《禁演淫戲的告示》，不僅見著同年六月十四日《申報》，而且發貼通街。《武十回》《殺嫂》二劇都被列入「強梁戲」中，嚴格禁止。「如敢故違，一經訪聞，定即封班拿究。須知不禁演戲已屬從寬，藐玩不遵即難寬貸。」（見 1890 年 6 月 14 日《申報》第 3 頁《禁止淫戲公告》）

名票包丹庭先生說：「《打虎》、《殺嫂》這幾折戲都是很不容易演唱。《打虎》一折，漫說是武松不易著手，那扮老虎的，若是不會武松嘴裏的曲子，管保給你撞個亂七八糟。」著名編劇陳墨香先生亦說：「武松的戲中，向以《殺嫂》一折最為暄爛，而且也極為兇狠暴虐。更加之當時舞臺上流行使用的『血彩』，要當場殺人割頭，血淋淋的，實在令人慘不忍睹。三十年代，北方有一位擅演潑辣旦、刺殺旦的男演員，日常生活中也陰陽顛倒，時常臺上臺下不分，張口閉口自稱「嫂子我」。因為落下一個「嫂子我」的外號。某劇評家則以「嫂子我」為筆名，寫了一系列劇評，發表在《北洋畫報》和《小實報》上。其中有一篇擬潘金蓮的口氣，敘述彼時演出《殺嫂》時的情況，從一個側面也反映出早年間「血粉戲」演出實況，很有史料價值，特錄如下：

唱戲裝鬼，太邪火了，固然討厭，若足演殺人太像真的，更覺不堪入目。嫂子我戲評曾有一段談《武松殺嫂》別派，簡直糟到一百二十分，只怕還要過去些兒。這一齣《武松殺嫂》，大鬧獅子樓，供雙人頭祭奠亡兄，本是通大路沒什麼各別另樣，無奈這位嫂子我遇見的這個小叔子另是一工。他殺西門慶，割下頭來是個紙殼，畫了眉眼噴上血彩，已經不如紅門旗包紗帽瞧著受用；此刻旦角在後臺卸下大頭，換個新式頭套，不挽髻，只用白頭繩束住髮根盤在頭上，用白孝布遮蓋。武松回家，嫂子我孝衣斜披，武松舉刀闖進，挑掉孝巾，抓下孝衣，嫂子我披散頭髮，身穿小襖紅面紅裏，敞著懷，褪出雙手，脖領卻是非扣不可，露出抹肚卻要白色。武松追趕，嫂子我銜髮抱刀。武松歸右，嫂子我歸左；武松揪住嫂子我右臂，嫂子我跪了，左手託住衣底襟。武松刀落，嫂子我散髮向後一灑，衣襟一翻，把肩膀以上遮住，首級不見，滿抹肚鮮血。武松把手一松，死屍跌倒。武松用腳一踢，屍身一滾爬伏在地，首級被衣襟裏在腔子邊，露著亂髮一叢。這個當口中間起一陣陰鑼，那些鄰居走過來一擋，檢場人趕緊解了旦角束髮白繩，再把小襖脖領兒改扣右肩，卻把肩頭並頦下給都貼上紅色濕面，旦腳臉上噴了紅糖蘇木水，嘴裏也含著一口，檢場人手越麻利越妙，倘一遲延，戲便顯著瘟。武松用口把刀一銜，左手提著西門慶腦袋，右手卻把嫂子我散髮揪起。諸人抬屍轉身，齊退到下場門，屍身腳向內，屁股朝天，武松和眾人臉向外，嫂子我從大眾夾縫中露出面目。好可憐呀，只見嫂

子我滿頭青絲披散，一半被武鬆緊緊揪住，一半垂到頦下，雙眉倒插，兩眼微睜，滿臉血跡，頦下露出刀傷。武松的右手一搖，女的順著刀傷去處鮮血直往下流。屍身無頭，小襖脖領依然扣著，露著鮮血紅腔子，大家急忙一擁而入。這個鬧法比裝鬼更凶，加上一百倍要不得，非但不祥，簡直侮辱。這正是：「幾人滴淚賦盲詞，若個臨風舞柘枝。身在戲中還看戲，自家面貌哪曾知！」

（見於三十年代刊本陳墨香《觀劇生話素描》）

湘崑《武松殺嫂》的劇照　攝於 1987 年

對於《殺嫂》一節，封建衛道士認為「淫賤當誅」；而持女權思想的人則認為武松「混噩愚蠢、四六不通」，是封建主義的「屠夫」。此戲從一問世起，就以尖銳的道德衝突震撼和吸引著眾多的觀眾。

這種在舞臺上直接描摹兇殺場面的演法，的確令人難以接受，委實應當取締。

自從《水滸傳》登場不久，又出來了一位蘭陵笑笑生，他從《水滸》的故事中添枝加蔓，撰寫了一部《金瓶梅》，把潘金蓮的形象進一步醜化，潘金蓮被定型為是一個陰險歹毒、淫蕩無恥的「色情狂」、「殺人犯」。從此，「潘金蓮」三個字就成了十惡不赦的「淫婦」的代名詞。

泥塑《武松殺嫂》　陳列於山東臺兒莊賈三近故居

據考賈三近是山東嶧縣人，疑為《金瓶梅》作者蘭陵笑笑生。目前中國《金瓶梅》研究會的國際《金瓶梅》資料中心，就設在臺兒莊賈三近的舊居之內。臺兒莊縣政府在舊居中建設了一個「《金瓶梅》文化展館」，以彰顯地域文化。為了真實具象，特聘請了天津「泥人張」的傳人雕塑了一尊《武松殺嫂》的塑像，以供遊人觀瞻欣賞。觀者莫不嘖嘖稱奇，以為「咄咄怪事，無奇不有」。筆者審視，此塑像倒與「嫂子我」的演出不謀而合，正可相互印證，特輯錄於此存照。

　　隨著社會的進步與開放，隨著西方人性思想和現代意識的傳播，潘金蓮的命運也發生了改變。1928年，著名戲劇家歐陽予倩先生以「五四」精神所倡導的個性解放和反封建專制的新思想，創作了戲劇《潘金蓮》，公演之後，引起了強烈的轟動效應。他在戲中為潘金蓮翻案，徹底反正了潘金蓮的惡劣形象。把潘金蓮刻畫成在強大的封建社會壓迫下的一個可憐無助的受害者。潘金蓮真心地愛武松，熱烈大膽的追求武松。在遭到武松拒絕後，才開始淪落，才與西門慶走到一起，才做出以後的壞事。歐陽予倩在《自序》中明確地表明了他的寫作動機：

　　　　我編這齣戲，不過拿她犯罪的由來分析一下，意思淺顯極了，
　　　　真算不了什麼藝術，並且絲毫用不著奇怪。男人家每每一步步地逼
　　　　著女子犯罪，或者逼著女子墮落，到了臨了，他們非但不負責任，
　　　　並且從旁邊冷嘲熱罵，以為得意，何以世人毫不為意？還有許多男

子惟恐女子不墮落，惟恐女子不無恥，不然哪裏顯得男子的莊嚴？

更何從得許多玩物來供他們消遣？

在歐陽予倩看來，潘金蓮是一個無辜的受害者。潘金蓮的形象應抹去「淫婦蕩婦」的罪污，變成象「卡門」一樣的「個性自由的典範」。歐陽予倩本人和京劇大師周信芳（麒麟童）、蓋叫天、高百歲、王熙春、潘雪豔：話劇演員鄭正秋、朱穰丞、應雲衛，李保羅、曹涵：電影演員顧蘭君，演文明戲的紅牡丹（孫蝶仙）、白玉卿、張笑影：越劇的石玉明、竺素娥；演評劇的老白玉霜等名家大腕，亦紛紛登臺獻技，以不同的戲劇形式演出《武松與潘金蓮》，電影公司還把它拍成電影，不斷放映。這股「武潘熱」，一直刮了二十年之久。

自是劇上演之日起，頓時輿論大嘩，有批評者、有褒揚者，在各家報紙上開展起一場熱鬧的「大辯論」。參與者不乏學者、報人、青年學生和各界婦女，一直爭論不休。翻看舊報，當時《申報》記者測海發表的一篇長文很有代表性，他寫道：

> 《武松與潘金蓮》一劇盛行於各舞臺，各劇場，且已收入電影。今日流行者，大都採用歐陽予倩之改良腳本。歐陽腳本，一向膾炙人口而為觀眾最最注意之精彩節目《挑簾裁衣》，並無詳細之演出·而金蓮被殺時，加入大段新穎痛快之道白。凡愛好改良平（京）劇者，皆目為意識前進。而愚則期期以為不可。按此劇以舊小說！《水滸》為角本，於兄弟之愛，淫惡之報，發揮盡致，原來劇本，意識並不歪曲。歐陽氏則著眼於「婚姻制度不良」一點，強將潘金蓮寫成「受環境壓迫·不能打破封建戀愛而構成淫惡」。金蓮被殺時有大段道白，大意如此。使觀眾於圖窮匕現時，不得不對此淫惡之婦予以宥恕·加以憐惜。嗚呼！並不歪曲之劇本，經此一度改作，乃不得不歪曲矣。幸武松係一不前進之粗鹵好漢，只知兄仇宜報，淫嫂宜殺，而不知其他耳。假使當時之武松，為金蓮大段說白所感動，亦觸起若干成份之前進意識，稍稍念及環境婚姻等等足以葬送女子青春，而油然同情於金蓮之可憐，則將使武二之鋼刀，於殺卻西門慶之後，進退不得，將何以收場哉？
>
> 吾嘗見周信芳、王熙春合演斯劇，熙春所飾金蓮說完一大段道白後（根據歐陽劇本）袒胸示其一顆滾熱的心，早已屬武二，死於武二刀下，死亦瞑目。請武二快快下刀時，信芳呆立武大靈前，聽

了一番高論，一副尷尬面孔，竟無適當妥善之道白。可以答覆此十
分淫惡而又十二分可殺之嫂嫂潘金蓮。只得依照改良劇本，對於金
蓮高論，不理不睬，不聞不問。依然單刀直入，對準伊──金蓮一
顆滾熱的心，猛然刺去。斯時之空氣，不特真有前進意識之信芳為
之尷尬，即臺下之我，及其他偌許觀眾，亦莫不感覺尷尬焉。要知
此乃代表古代之社會劇，發揮舊禮教之家庭倫理劇，而非今之廣謂
現代劇，何必將二十世紀之新意識，硬裝筍頭，灌入一宋代賣餅婦
之腦中哉？且貞操為吾國美德，演劇以勸懲為主旨，劇作者苟以貞
操倫常為重，而認金蓮為可殺，則不應攙入「可憐」之成分，而使
臺下觀念歪曲，感覺「殺又不好，不殺又不好」，致失卻勸懲之旨。
反之。苟以金蓮為不該殺，則應將劇本澈底改造，索性為金蓮開脫
罪案。而構成所以不可殺之因素，斯亦不失為戲劇之別裁，有理的
翻案也。今乃既欲殺之，又復恕之，徒使一本提倡舊道德之神聖戲
劇，無端著一瑕疵，而成非驢非馬，改良云乎哉？

（測潮文《〈武松與潘金蓮〉劇本平議上》見 1939 年 1 月 14 日
《申報》）

到了 1942 年，田漢在抗戰的大後方桂林創作了湘劇《武松與潘金蓮》。
他延續了歐陽予倩的思路，更深刻地表現了潘金蓮的悲劇性的人生。寫潘金
蓮在遭到武松的毒罵和威嚇之後，完全心灰意冷，與西門慶邂逅之後，以為
他也是一個像武松一樣的英雄好漢，而忘情地投入西門懷抱。她幻想與西門
慶做長久的夫妻，才落入王婆與西門慶設計的陷阱，殺害了武大郎。這齣戲
再次把潘金蓮的形象拔高，使其完全變成了一個「美麗的，又是個被污辱和
被損害」人，將「武潘熱」再次燃炎。

新中國成立後，人們的思維似乎有所退步，對潘金蓮的評價是很低的。
在「戲改」的宣傳下，這齣戲基本上被打入了「冷宮」。又因為，當時的田漢
和歐陽予倩均在文化領域身居要職，《武松與潘金蓮》一劇未遭批判已是萬幸。
1962 年，文藝政策放寬，不少劇目得到解放。人民藝術劇院的導演梅阡，就
想把這齣具有「五四」精神的《武松與潘金蓮》重新搬上舞臺。劇院花了大力
氣，集中了第一流的演員陣容，製作了全套新行套、新布景、新道具。最後一
次彩排時，請來了周恩來總理觀看。全劇演完之後，大家向周總理徵求意見，
周總理笑著說：「戲排得不借，演得也好。要是問我個人的意見，我說還是先

放一放好。」人藝尊重總理的意見，就把這齣排好了的戲「掛」了起來。

直到 80 年代，思想解放的風氣再起。魏明倫重新拾起這個題材，創作了荒誕川劇《潘金蓮》，在文化界又掀起了一場思想風暴。在魏明倫的筆下，張大戶、武松、西門慶和武大郎共同完成了對潘金蓮的壓迫和迫害，這一命題得到了廣泛的承認。但畢竟時代變了，人們的視野和注意力轉向更寬闊的遠方，昔日的「武潘熱」也就再也燃不起來了。

附：京劇《武松殺嫂》之《叔嫂反目》劇本，
根據 1921 年王大錯編著《戲考》第十八冊整理。見本書下卷。

（昔日演出《武松殺嫂》，多依蓋叫天《全部武松》的場序演來。從打虎、認兄、演至訪何，獅子樓、殺嫂為止。然人物關係情感變化比較粗糙。筆者偶然發現舊劇本中有《叔嫂反目》一齣，寫得十分細膩，但很少有人演出。特附之於此，供研究之用。）

《烏龍院》——
從《烏龍院》談到馬連良、麒麟童

　　京劇《烏龍院》又名《坐樓殺惜》。故事取材於名著《水滸傳》，是一齣生、旦、淨、丑並重的戲。因內容有「閻惜姣與張文遠的私通」，有「宋江怒殺閻惜姣」等情節，一向被劃入「血粉戲」的範圍。

　　《水滸傳》的全稱為《忠義水滸傳》，據考作者為施耐庵，且由他的學生羅貫中加工潤色編輯而成。書中描寫了諸多反抗宋代統治者的英雄故事，如晁蓋、林沖、武松、魯智深等人物，一直為民間稱道不已。《烏龍院》的故事也是人們耳熟能詳、婦孺盡知的。情節取自《水滸》第二十至二十一回：《梁山泊義士尊晁蓋，鄆城縣月夜走劉唐》和《虔婆醉打唐牛兒，宋江怒殺閻婆惜》兩章。

　　講的是，閻惜姣隨父母一起逃荒來到山東鄆城縣。不幸閻父病死店中，無錢下葬，閻婆為了籌措棺木，無奈賣女求錢。恰好宋江從店前經過，對此十分同情，便慷慨解囊，拿出三十兩紋銀為閻父安葬。閻母為了答謝宋江，再三懇求宋江納惜姣為妾。宋江本有妻室，而心中對閻惜姣又十分憐愛，就為她修了烏龍院，作為外室居住，便於往來。奈何，宋江與閻惜姣的年齡相差很大，最初惜姣出於報恩思想，二人尚還恩愛。但久而久之，惜姣便覺委屈，對宋江心生厭惡。宋江的學生張文遠常隨師父來院小坐，因年少風流，深得惜姣歡心。一來二去，二人便勾搭成奸，背著宋江不斷往來。街坊鄰里少不得竊竊私議，宋江始有耳聞。一日，宋江來到院中，意與閻惜姣溫存，但受到惜姣的怠慢和羞辱，二人發生口角，宋江憤憤而去，發誓再也不來院中了。彼時，晁蓋已聚義梁山，因感念宋江當年的相助之恩，特派劉唐攜帶金

銀和書信，來到鄆城致謝。劉唐在路上遇見宋江，宋江畏恐人知，便引劉唐
進入酒樓，留下書信和一錠金子後，連忙讓劉唐回山覆命。二人分別以後，
不想在道路上宋江又遇見了閻婆，被閻婆強拉硬扯地來到烏龍院中。閻婆一
心想讓他和女兒和好，遂將他二人強鎖樓上。奈何二人齟齬已深，宋江一夜
未眠，清晨起來急忙離去。忙亂當中，誤將招文袋失落在烏龍院中。結果，此
袋被閻惜姣拾去，從中發現了晁蓋邀請宋江上山聚義的書信，甚是得意，就
把書信藏起，以為有了把柄，就可以用來要挾宋江。宋江發覺書信遺失，匆
匆忙忙趕回烏龍院索討。閻惜姣逼以休離、改嫁三事，宋江不得已，件件應
允。但是，閻惜姣得寸進尺，仍要拿著這封書信到縣衙鳴官舉報。宋江被逼
得走投無路，怒不可遏，持刀將閻惜姣殺死。閻婆見女兒身死，不依不饒，跑
到大街大呼小叫，宋江驚恐遁去。一般演到此處全劇乃止。也有不少劇團為
了吸引觀眾，還把「閻惜嬌活捉張文遠」一節加在後邊。

　　三十年代，有一位名叫啟元的好事者，對烏龍院的舊址還進行了實地考
察。他寫道：

> 水滸傳中宋江為閻惜姣所造之烏龍院，係在山東鄆城內，民二
> 十四年，余曾任教於鄆城師範學校，得悉烏龍院舊址即在縣城內東
> 關，該地為一空地，無人買賣，亦無人建造房屋，左右前後均有商
> 號和住戶，惟此一處，周圍約半畝，任其荒蕪，蒿棘叢生，流螢飛
> 舞，遊人居民競任意便溺，不啻為鄆城公共廁所。若非當地人談起，
> 決不知為當年美人閻惜姣之梳妝樓也。

（啟元《烏龍院舊址》《立言畫刊》10 期 7 頁）

　　這齣戲出場的人物不多，但生、旦、淨、丑齊全，演來「處處有戲，個個
入情」，配合得當，甚是精彩。例如，宋江在戲中感情變化的層次，從不知隱
情時，對閻惜姣的憐愛、嬌縱、忍讓，當其知道了姦情以後的生氣、無奈、怨
恨、憤怒，直至最後被逼得發瘋，憤而殺惜，一系列表演真是考驗演員功力
的一顆試金石。花旦應工的閻惜姣，在劇中的戲份也具有同樣的分量。先是
閻惜姣與情人張文遠在一起時的那種嬌癡、妖豔、嫵媚和發自內心的情愛，
轉而是對宋江的應付、冷淡、不耐煩，進而生厭、反目，發展為詈罵、刁蠻、
憎恨、惡毒、敲詐，最後不惜以死相拼。而一旦面對死神的時候，她又下意識
地驚慌、恐懼、乞命乞性，直至飲刃被殺，都要層次分明地做將出來，且分軟
一點的旦角是絕對演不好的。

《坐樓殺惜》名票韋久峰飾宋江陳桐雲飾閻惜姣　攝於上世紀二十年代

《坐樓殺惜》一劇在民國時期即已膾炙人口，不僅著名的伶人時常貼演，就是南北票房票友也不斷票演是劇。因此，此戲越磨越精，越摳越細。這幀老劇照刊於上世紀三十年代出版的《國劇畫報》，十分珍稀，從中可以看到早年間《坐樓殺惜》一劇的舞臺造型。

從京劇的歷代名伶數來，「有足夠份量」的宋江，只有譚鑫培、劉鴻升、麒麟童（周信芳）、馬連良、奚嘯伯；「有足夠份量」的閻惜姣則有姚佩蘭、田桂鳳、路三寶、楊小朵、筱翠花、毛世來，坤伶則有趙嘯瀾、趙曉嵐、吳素秋、童芷苓。飾演張文遠的名丑很多，但依劇評家景孤血所言，應以馬富祿為最佳，特冠以「性丑」之名。

此劇的演技十分高難，昔日，南方的麒麟童（周信芳），北方的馬連良，兩大巨星都演《坐樓殺惜》。但演法和場次的安排各有不同。「麒派」不帶《活捉》，「馬派」因有筱翠花和馬富祿的參與，則必帶《活捉》。對這兩種演法，劇評家們有著不同的看法。1940年，汪涵齋先生在《申報》上發表了一篇《論〈烏龍院〉》的文章，他寫道：

> 《烏龍院》一劇，有自宋江「鬧院」演起，接演「劉唐下書」，緊接「坐樓殺惜」，此卡爾登移風社（即麒麟童）之演出也。又有以「劉唐下書」為首場，接演宋江「鬧院」，再演「坐樓殺惜」（即扶風社馬連良演出本），而更殿以「活捉」張三者，此一般劇院之演出也。同一戲劇，而場次之演出，竟有先後之不同，此豈「海派」與「京朝派」之所以異歟？然揆諸劇情，似以移風社所演出之場次，較為近情合理，而銜接斗筍之處，尤有天衣無縫之妙。蓋自宋江鬧

院之後，久已不到烏龍院，故閒時輒在街頭散步，故劉唐得於街頭遇之，此其一。宋江於鬧院之後，既久不到烏龍院，閒時於街頭散步之外，復時往酒樓買醉，藉解寂寞，故酒保與之相稔而極畏敬。當劉唐之隨宋入登酒樓，隱於宋江身後而酒保不遑暇顧者，便不覺其為不近常情矣，此其二。至若劉唐別去之後，宋江流連街頭，閻婆以宋江之久不到院而至街頭尋訪，亦屬人情之常，與宋相值於途次，亦不突兀，此其三。剛別劉唐，故劉唐奉梁山晁蓋之命，所賚與宋之書與金，尚在身邊袋內，絕對不必假借，而觀眾無不共睹，此其四，有此四端，故余以為移風社演出之先後場次為可取而合理也。但當茲末世淫風暴熾之現社會，則殿以「活捉」，誠屬有裨世道人心之作。惟深望演是劇者，勿拘拘於原劇本之劇詞，致將先後次序顛倒，反使全劇更增其牽強，殊為可惜者也。

（汪涵齋《論〈烏龍院〉》《申報》1940.1.19）

《坐樓殺惜》田桂鳳飾閻惜姣　攝於清季末年

《梨園軼事》載：田桂鳳跟譚鑫培合演《坐樓殺惜》時，田桂鳳自負演技高超，在「坐樓」一場極力賣弄，即興編排，使扮演宋江的譚鑫培手忙腳亂，難以應付，非常狼狽。譚鑫培央求田桂鳳說：「念咱們二十年的交情，給我留點面子吧！」田桂鳳說：「誰人不知我們兩人的交情，還留什麼面子？」足見早年間演戲只有「框架」而並沒有「準詞」。

　　當然，若以「南麒」「北馬」硬做比較，自然是肥環瘦燕，難分軒輊。周信芳很欣賞「馬派」的瀟灑、流暢；馬連良很敬佩「麒派」的方正、剛毅。馬先生曾作《滿庭芳》小令一首親贈周信芳，其中有句云：

　　　　共您有同門佳話，卻何妨異流張幟，羨煞憑天縱才華。左道直腸贊琵琶，闡揚正風正雅。

　　　　　　　　　　（馬連良《滿庭芳‧賀信芳兄演劇生活甲子重周》）

　　一般顧曲家則謂，在《坐樓殺惜》一戲中，就二人做戲的特點和氣質相較，「鬧院」當以馬先生為上乘；「殺惜」則以周信芳為專擅。

　　馬先生的「鬧院」做得相當細膩。宋江是喜愛閻惜姣的，一心想對閻惜姣好，事無鉅細，百般地滿足，也渴望獲得閻惜姣在感情上的回饋。但是，自以為多情的宋江卻事事遭受冷眼，處處莫不碰壁。儘管他涎著臉皮，揣摩閻惜姣的心思，察看閻惜姣的臉色，但也無法挽回閻惜姣的移情別戀。宋江和閻惜姣兩人都很重感情，只可惜兩人的「感情」並不重在一處。

　　馬先生對宋公明刻畫得毫髮入微，他在「鬧院」的「四猜」上，唱得平滑俏麗，似敘似說，宛如夫妻在說私房話，噓寒問暖、溫柔體貼之態，極富生活趣味。

　　〔二簧平板〕

　　　　宋公明打坐在烏龍院，猜一猜大姐腹內情。莫不是茶飯不隨你的口；莫不是衣衫不合你的身；莫不是街坊得罪了你；莫不是媽兒娘打罵不仁……這不是來那不是……莫不是思想我宋公明？

　　自我陶醉的宋江，惹的閻惜姣即好笑、又好氣。看他的那種癡心，反而使得閻惜姣從撒嬌使性，發展成撒潑撒野，肆無忌憚。漫說是劇中的宋江，就是臺下的觀眾也都被氣得可以。最後，她把宋江逼得對天發誓，再也不來烏龍院了。這折戲的宋江被馬先生演得黴頭觸盡，落魄失魂。

　　而「殺惜」一折，周信芳演來則如雷馳電掣，更加驚心動魄，簡直能讓觀眾身臨其境，怔目咋舌。宋江發現了招文袋遺失，風風火火地跑了回來，向閻惜姣再三求索。閻惜姣自以為得計，則再三要挾，打了手模不行，還要踩上足印。嫁誰都行，可非要讓宋江認可她嫁張文遠。宋江認可了還不行，她還要上堂舉報宋江通敵。把宋江逼上了絕路，實在忍無可忍，這才動了殺心。此時的宋江臉色鐵青，油汗蒸騰，兩耳鬢絲乍起，劍眉倒豎，目眥欲裂。轉身一把抓往閻惜姣的襟領，另一隻手從靴筒裏拔出匕首。嚇得閻惜姣周身

亂顫，但假裝豪橫，色慳內荏地問道：

> 閻惜姣：（白）你、你、你，你敢打我嗎？
>
> 宋江：（白）我、我、我，不打你！
>
> 閻惜姣：（白）那麼，你、你、你，你敢罵我嗎？
>
> 宋江：（白）我、我、我，我不罵你！
>
> 閻惜姣：（白）那麼，你、你、你，你還敢拿把刀把我殺了嗎！

《坐樓殺惜》楊小朵飾閻惜姣　攝於民國元年

楊小朵（1881～1923 年），名戀麟，又作得福，字壽亭，安徽合肥人，其父楊桂雲，號朵仙，工花旦，併兼演刀馬旦，楊小朵係子承父業，專工花旦，十八歲時已小有名氣，且擅演劇目頗豐，加之扮相俊美，深得觀眾喜愛，他除了專工花旦行當外，還擅京胡，其子乃素有「京胡聖手」美譽的楊寶忠。1915 年，因舞臺事故，一怒告別舞臺。

宋江大喝一聲「這殺──」，接著手起刀落，「我就殺了你！」一刀未刺準。惜姣掙脫，求饒，呼救。而此時的宋江理性全失，在鑼鼓鏗鏘的節奏中，將閻惜姣撲殺斃命。演至此，周先生把「精神病理學」中的「幻象」引入戲中，精神錯愕的宋江在恍惚中，發現惜姣未死，遂再次撲向空中亂砍亂刺了一番。把一個逼瘋了的人物演得活靈活現，內行莫不歎為一絕。五十年代，全國各界都向「蘇聯老大哥」學習，戲劇界一向推崇「麒派」表演藝術是斯坦尼斯拉夫斯基「表演真實論」在京劇藝術上的體現。記得十餘年前，筆者在北京東城錢糧胡同青年會票房與老藝術家座談時，吳素秋老師曾當眾說過，她在年青時曾與周信芳合演這齣戲。演到這個節骨眼的時候，用她的原話說：

老牌（周信芳）真的瘋了，兩隻眼睛向外冒火星，攥著刀，周身亂顫，可把我嚇壞了。真怕他一失手，把我捅死。

劇中的閻惜姣以花旦、潑辣旦應工，臉上必具「春秋」二氣，四季變化節奏分明。她若所愛，可炙如火炭；她之所惡，必冷若冰霜；她之所恨，必除之以後快；演員的內心世界若把握不到這個火候，就不能勝任這個角色。

《烏龍院》馬連良飾宋江，筱翠花飾閻惜姣，
馬富祿飾張文遠攝於上世紀三十年代

劇評家景孤血是把《坐樓殺惜》這類戲劃入「血粉戲」之內的。把筱翠花謔稱為「性旦」，謔稱馬富祿為「性丑」。就說他們演調情戲是一絕。據說馬先生聽了挺不高興地說：「代我問問景先生，京劇行當裏可還有『性丑』嗎？」

　　筱翠花演的閻惜姣，時而有小女孩的天真，時而又有風月中人的狡獪，時而哄得宋江團團亂轉，時而把宋江氣得死去活來。在閻惜姣眼裏，宋江是狼？是虎？全不是，只不過是貓爪下的玩物，「有朝一日犯在老娘手裏……，嘿，嘿，我叫他吃不了，兜著走！」話說得那股狠勁，只有「筱派」才做得出來。

　　筱翠花的「活捉」與崑曲不同，不僅是獨到的「蹺功」、「魂子步」，更強烈地反映出北方烈女子的剛毅決強的性格，描繪出一個淒涼癡情的女鬼對生前愛情的不棄不捨。戲中展示的不少絕技，也是這齣戲特別迷人，雖幾經禁演而不能絕滅的原因之一。筱翠花的弟子鄒慧蘭在一篇《回憶錄》中寫道：

　　　　于老師（筱翠花本名于連泉）善演潑辣旦戲，宗田桂鳳派，同時也吸取了一些路三寶派的長處。田、路二大流派擅演反面人物，田用陰陽面手法，塑造的人物外表柔和，暗藏陰險；路眼神鋒利，繃著臉說話，那種冷笑的樣子，明顯地體現了人物性格。

　　　　于老師（演「鬼魂戲」）踩蹺走「魂步」，用「蹉步」、「碎步」、「趨步」等各種步法走「花梆子」，還用了「矮子分水」、「烏龍絞柱」、「倒紮虎」、「竄椅子」、「搶背」、「弔毛」等各種技巧，觀眾如醉如癡，剎那間轟動上海灘。

　　　　解放後，于老師適應潮流，毅然廢蹺，並修改了所有演過的劇目，還編演了新劇目《氣蓋山河》，並用了二年多的時間，創造了比踩蹺更美的不踩蹺的「魂步」。表演鬼魂隨風飄蕩時，好似吹起的落葉在空中盤旋。

　　　　1956 年春，有一次內部觀摩演出，于老師和馬富祿先生合演《活捉》，于飾閻惜姣，馬飾張文遠，當二人面對面繞著桌子轉圈時，于老師用「魂步」追趕，輕如蝶，飄如葉，同時雙手擺弄著綢子，載歌載舞滿臺飛，馬先生還矮身倒退以及翻、滾、跌、撲，演得如火如荼，轟動了整個文藝界。

　　　　　　　　　　　　　　　　　　（鄒慧蘭文《我的老師于連泉》）

　　筱翠花的各種「絕活兒」大多絕跡舞臺，後來者，唯陳永玲尚能步武前賢。1989 年，陳永玲在長安戲院搬演了這齣戲，受到廣大觀眾的交口讚譽。演出結束後，市宣部部長李筠上臺祝賀他的成功。陳永玲自謙地說：「我可不行，真的不行，畢竟上了年紀，又丟了這麼多年，我使出全身的勁兒，也只能描摹出『筱派』藝術的一之二、三而已。」

《下書殺惜》周信芳飾宋江，趙曉嵐飾閻惜姣　攝於1961年

1961年舉行周信芳舞臺生活60年慶祝活動時，拍攝了《周信芳的舞臺藝術》，是由《徐策跑城》和《下書·殺惜》兩部分組成。《徐策跑城》應雲衛導演。《下書·殺惜》導演為楊小仲。劉唐、閻惜姣分別由王正屏、趙曉嵐扮演。周信芳的宋江比舞臺劇中激情流露較多，和閻惜姣之間的交流頻繁而矛盾的激化顯得順理成章。後來再演舞臺劇時，就較多地參照拍電影時的版本了。

　　《烏龍院》這齣戲的原型，是從崑曲《水滸》戲中演化來的。據明代人士魏良輔《南詞引正》所記載，崑曲是元朝末年顧堅創始的。到清代中葉，《水滸》中的《三郎借茶》、《婆惜心許》、《漁色定期》、《情投野合》、《活捉三郎》等折子戲，已搬上舞臺。《水滸記·劉唐》《水滸記·殺惜》《水滸記·活捉》等劇目也收錄在錢德蒼編選的《綴白裘》中。清咸同年間，京劇剛一誕生，《水滸傳》的許多故事就被改編為京劇，迄今已有二百多年的歷史。根據陶君起編著的《京劇劇目初探》和曾白融主編的《京劇劇目辭典》初步統計，《水滸》戲已有159種之多，其中，就包括宋江和閻惜姣的故事。說也奇怪，清政府是不提倡《水滸傳》的，曾全力予以禁燬。「少不讀《水滸》，老不看《三國》」的民諺便源自此時。但是，清代的皇室卻讓水滸戲進入了宮廷，成為宮廷內部的娛樂節目之一。清人昭槤在其筆記《嘯亭續錄》卷一「大戲節

戲」中記載說：

> 命莊烙親王譜蜀漢《三國志》典故，謂之《鼎峙春秋》；又譜宋
> 政和間梁山諸盜及宋金交兵、徽欽北狩諸事，謂之《忠義璇圖》。其
> 詞皆出日華遊客之手，惟敷衍成章，又抄襲元明《水滸》、《義俠》、
> 《西川圖》諸院本曲文，遠不逮文敏矣。

筆者在編纂《清宮戲畫》一書時，收集到清宮如意館畫師所繪的「水滸」戲的人物造型十幀，其中有《時遷偷雞》、《鬧江州》、《石秀探莊》等劇目五、六齣。這類劇目在宮廷上演，自然為「水滸戲」的傳播大為張目了。

在同一時期，《水滸傳》子弟書也盛行於北京，為八旗子弟所擅場。馬蹄疾在《水滸書錄》中統計，其中「水滸子弟書」目錄有十七種，清《蒙古車王府藏子弟書》也有十二種，《坐樓殺惜》、《活捉》均在其內。而且語言精緻，細節入微，有著上乘的描寫，促使京劇《烏龍院》（《坐樓殺惜》）和《活捉》的臺詞和表演日趨精彩豐富。到了譚鑫培、楊朵仙、姚佩蘭、田桂鳳等人演出此戲時，已然臻於完美了。1930年的老《申報》上，有一則談譚鑫培演《坐樓殺惜》使用了一種絕活的文章。說閻惜姣逼迫宋江打手模足印的時候，譚鑫培飾演宋江的帽子，能自己豎將起來，以表現當時怒髮衝冠之意，能贏得滿堂彩聲。可惜，此技已經完全失傳，再也無人能演了。

自京劇誕生之日起，《坐樓殺惜》一劇久演不衰。清末文人醉薇居士在《日下梨園百詠》中有《殺惜》一詩，寫道：

> 醜名門外播，憤憤且歸家。反目恩情變，填胸怒氣加。厲聲嚴
> 致詰，詬語互增嘩。待旦聊憑兀，侵晨便放衙。無端書驟失，有挾
> 計堪誇。原譜新詞曲，分開並蒂花。身惟求去速，意以食言差。頃
> 刻紅顏死，行程指水涯。

（民初刊本醉薇居士《日下梨園百詠》）

清朝末年，政府對這齣戲是不提倡的，在一系列禁戲令中，《殺惜》和《活捉》都曾列為禁演劇目。1949年3月，新中國成立之先，為使革命文化進城鋪平道路，首先在頒布了《中國人民解放軍北平軍事管制委員會文化接管委員會禁演五十五齣含有毒的舊劇》的公告，在報上公布了一長串禁演劇目，《活捉三郎》首當其衝。新中國成立之後，中央文化部又陸續發布了「在全國範圍內禁止演出的二十二齣壞戲的通知」，《活捉》再次被點名為壞戲，被徹底趕下舞臺。《坐樓殺惜》是《烏龍院》的前半齣，自然也受到株連，被各

劇團掛了起來。

隨後，全國戲劇界進入「戲改」階段，《烏龍院》到底能不能演，成了一個很燙手的問題。中國京劇院團長馬少波先生曾明確的表示：

《水滸傳》是本好書，是表現農民起義的，在延安評劇院時期，就排過《逼上梁山》和《三打祝家莊》，毛主席不僅看過，還給劇團寫過信，給予了表揚。咱們可以演《野豬林》、演《扈家莊》，都是很革命很有教育意義的戲嘛！幹嘛非演什麼《宋十回》、什麼《坐樓殺惜》呀！別的劇團演不演，我們管不著，我們是中國京劇院，要有這個覺悟，對這齣戲，我們堅決不排，不演。

馬連良先生挺重義氣，常說「人不親，藝還親哪！」他看到筱翠花的許多能戲全都不能演了，戲班也報散了，錢上有出無進，賣了好幾處房產，想拉他一把，就把筱翠花收到自己的團裏來上班。筱老闆還真想像以前一樣，與馬先生和馬富祿等人把一些拿手的戲接著演下去，《烏龍院》中的《活捉》不讓演，那咱們就演前邊嘛！另外，如《荷珠配》、《遊龍戲鳳》、《小上墳》、《貴妃醉酒》等戲也有號召力，何樂而不為哪！

馬先生心細，解放前為演戲吃過大虧（指的是為滿洲國演出，落了個「漢奸」罪的事），而且，自己可演的戲還很多，對這些「犯忌」的戲還真的不想碰。每次他都讓馬富祿傳話給筱老闆說：「再等等，再等等。」這讓筱翠花心裏很不高興，說：「叫人家來，又不派人家活兒，真叫人煩死了。」據說，他在家裏總是對著牆喊：「我要唱戲，我要唱戲。」

五十年代初，奚嘯伯與吳素秋都呆在北京京劇四團，一個是團長，一個是副團長。這兩個人說得來，唱《坐樓殺惜》又特別合手，於是，就大唱特唱起來。翻開那一時期的報紙，奚、吳二人的《烏龍院》唱得最多最火。反「右」運動的時候，因為奚嘯伯常給李萬春寫發言稿，李萬春一得意必然忘形，在會上就信口開河地給黨提意見，把一支支「毒箭」都射向了共產黨。最後，給他打成了「大右派」。奚嘯伯算是「幕後操縱者」，也難逃其咎，被戴上了「右派」帽子。據當年劇團上報的一份「反右」文件揭發，李萬春在做檢查時念過一首自由詩，題目是《「右派的我」深深地教育了我！》，就是奚嘯伯捉刀代筆的。運動後期，李萬春被發配到西藏，奚嘯伯則發往石家莊去者。

《活捉》劉異龍飾張文遠，梁谷音飾閻惜姣　攝於 1995 年

《活捉》解放後就一直是禁戲，沒人敢動，梁谷音和劉異龍是在文革後，全國第一個復演的先驅。這個戲有技巧，有噱頭，但也有恐怖，不淨化，梁谷音和劉異龍一改舊戲的演法，既保留傳統又儘量加以美化。把《活捉》中的閻惜姣在感情上始終是張文遠，而不必用宋江上梁山的政治標準來批判她，她也是個值得同情的悲劇人物。這樣，把這齣戲就演成一齣富有韻味、漂亮的對子戲。

　　早在 1920 年，周信芳在上海丹桂第一臺推出了《全本烏龍院》，在「鬧院」和「殺惜」的中間，加入了「劉唐下書」，使全劇劇情因果合理、脈絡順暢，經過三十多年的精摳細磨，這齣戲成為「麒派」具有代表性的藝術精品。上海京劇院成立之後，對《坐樓殺惜》這齣戲特別重視，團領導、業務處和周信芳本人都認為，此戲雖然有這樣那樣的問題，但是「棄之實在可惜」，有糟粕可以揚棄，精華應該保留！周信芳在《周信芳舞臺藝術》一書中寫到他對這齣戲的修改：

　　　　我於一九五三年開始整理這齣戲。在劇本上，從人物出發，抓住宋江是英雄這一點，根據新的觀點和《水滸》原著，把人物性格統一起來。在表演上，把許多輕佻的、醜化宋江的表演，如挪椅子、打胸、踩腳等等都刪去了。按照原本，《烏龍院》只有《鬧院》、《殺惜》兩場，而沒有《劉唐下書》，演法大致相同。只在崑曲《黃泥崗》中看到過《劉唐下書》，和《烏龍院》的《下書》是兩回事。從《烏龍院》的原詞來看，宋江一上來就唱「那一日閒遊在大街上，偶遇好漢小劉唐」，那麼《劉唐下書》似乎應該在《鬧院》以前。到底怎麼演法，沒有見到過。後來看到馮志奎、潘月樵兩位老先生演，是在《鬧院》之後，這比較合理。如果《下書》在前，宋江收到梁山的信，隨便往身上一塞，就「到烏龍院走走」，未免太麻痹，也太不像一個時刻關心梁山的英雄了。只是馮、潘兩位老先生演的《下書》，還比較粗糙，「水詞」比較多。一九五三年整理時，我對這一段作了重點加工。

　　　　關於閻惜姣的問題，我認為她應該是個反面人物，評價的標準就在於她對梁山給宋江的那一封信的惡劣態度。從對這封信的態度上，說明閻惜姣走上了反動的道路。這一點明確了，這個人物就好處理了。過去主要是表現她的淫蕩、潑辣，現在則更著重表現她的狠毒。宋江不但不是流氓，相反地，他對閻惜姣是處處遷讓、忍耐，對比之下，更能顯出宋江的胸襟和氣質。有一次演出以後，就有觀眾說：「閻惜姣該殺！」這樣也就把宋江的正面形象演出來了。

　　　　有些演員不願演壞人，只願演好人。生活裏有好人，有壞人，戲裏也要有好人，有壞人。沒有壞人，也就襯托不出好人。要是人人演好人，那麼壞人誰來演呢？能把壞人演得真壞，把好人演得真

好，那才是好演員。這齣戲在一九五三年整理以後，還在不斷加工，
需要依靠觀眾和同行反覆提出意見，以便使它能改得更完善。

1961 年，舉行周信芳舞臺生活 60 年慶祝活動時，上海文化局和上海電
影製片廠擬拍攝《周信芳的舞臺藝術》，要劇院先報個劇目計劃。當時報了《徐
策跑城》、《蕭和月下追韓信》、《坐樓殺惜》和《平貴別窰》、《打嚴松》、《掃
松》、《明末遺恨》、《斬經堂》的片斷。上海文化局研究後又上報了文化部。文
化部研究後，指出《明末遺恨》、《斬經堂》都存在「污蔑農民起義」的政治問
題，不能拍。《坐樓殺惜》存在「色情兇殺」問題，也不能拍。這一批示又反
饋到上海文化局和京劇院，引起了強烈的反對。院部說：有問題的戲可以掛
起來，而若《蕭和月下追韓信》與《坐樓殺惜》相比，我們寧願不拍《追韓
信》也要拍《坐樓殺惜》。因為從表演藝術上講，《坐樓殺惜》更是「麒派」藝
術的精華。電影攝製組的導演應雲衛和楊小仲二人也堅持這個觀點。

當時，文藝界對不同意見的爭執還是有些民主的。文化部就說：「既然你
們堅持，那就改改看吧，反正原樣照搬是不行的。」好，一看事情有緩，劇院
馬上聘請了創作高手再次集思廣議，反覆座談，對著劇本逐字逐句地加工修
改。最終，放棄了前半部張文遠與閻惜姣的幽會，以及宋江與閻惜姣吵家鬧
院的戲，改從「劉唐下書」起，到「殺惜」止。突出農民起義的戲份兒，減少
閻惜姣的戲份兒，把題目改為《下書殺惜》，這樣就有點兒宋江為了投身革命
才毅然「殺惜」的成份了。

儘管如此，拍《下書殺惜》跟拍梅蘭芳的《遊園驚夢》一樣，最終，還是
徵得了周恩來的首肯，才算正式批准下來。配角劉唐、閻惜姣分別由王正屏、
趙曉嵐扮演。經過電影處理，周信芳的宋江比舞臺劇中的激情還流露得更多，
和閻惜姣之間的交流頻繁而矛盾的激化，亦顯得更加順理成章。為了卡住膠
片的長度和時間，攝製組放棄了《平貴別窰》、《打嚴嵩》、《掃松》等片斷的拍
攝。使這部《下書殺惜》得以順利完成，為今人留下了一筆寶貴的藝術財富，
也為研究「麒派」藝術保留下一套珍貴的史料。後來，很多劇團再排演這齣
舞臺劇時，大多都是參照電影的版本排戲了。

附：《烏龍院》(《下書殺惜》劇本係根據 1961 年周信芳演出本整理。
見本書下卷。

《貪歡報》——
從《貪歡報》談到《大嫖院》《思志誠》

　　《貪歡報》原本是明代的一部傳奇小說，其中包含二十四個短篇故事。署名為「西湖漁隱主人」撰。西湖漁隱主人是何許人，迄今也無詳考。全篇主旨是勸世警俗，揭示世情：「片語投機，誼成刎頸，自是歡喜無量」；一旦「棄擲前情，釀成積憤，恣意必成冤家」。書中不少故事描寫了妓院的狀況，描摹妓女、鴇母、龜奴和嫖客等人的勢利情態，一但床頭金盡，備受種種欺負，對混跡花叢，耽於逸樂之輩，知所警醒。書中部分篇目雖涉於性行為的描寫，但還有別於一般的色情小說。

　　但是，京劇《貪歡報》的故事並不取自《貪歡報》一書，而是取自《水滸傳》第六十五回《托塔天王夢中顯聖　浪裏白跳水上報冤》一章中的「張順請醫」一節。

　　戲是從宋江生背瘡演起，吳用命張順攜帶銀兩，前往秦淮河畔請神醫安道全上山看病。張順雪夜下山，誤乘賊船，為截江鬼張旺劫去財物，還將其推落揚子江中。張順善於泅水，得以不死。隻身來到秦淮河安道全的寓所，向安道全說明來意。此時的安道全正沉溺於藝妓李湘蘭的溫柔鄉，不肯前去。而且在妓院大張盛筵，歡娛忘返，張順急切萬分，但又無可奈何。只得隨其入院，任憑安道全在院中廝混，自己眠於外室。入夜，恰好害他的截江鬼張旺也來妓院，與李湘蘭幽會。仇人見面，分外眼紅，張順乃大開殺戒，手刃張旺、李湘蘭和鴇母、龜奴等，血書「殺人者安道全」於牆壁之上。如是，迫使安道全隨其奔赴梁山。全劇至此乃止。

　　不過，戲與原書略有出入。書中的妓女是個個體經營的「暗門子」，不是個粉黛如雲的大妓院。另外，她的名子叫李巧奴，李湘蘭是戲中旦角的名子。「鬧院」一節，書中是這樣寫的：

　　　　原來這安道全卻和建康府一個煙花娼妓，喚做李巧奴，時常往來。這李巧奴生的十分美麗，安道全以此眷顧他。當晚就帶張順同去他家，安排酒吃。李巧奴拜張順為叔叔。三杯五盞，酒至半酣，安道全對巧奴說道：「我今晚就你這裡宿歇，明日早，和這兄弟去山東地面走一遭，多則是一個月，少是二十餘日，便回來望你。」那李巧奴道：「我卻不要你去。你若不依我，再也休上我門！」安道全道：「我藥囊都已收拾了，只要動身，明日便去。你且寬心，我便去也，又不耽擱。」李巧奴撒嬌撒癡，便倒在安道全懷裏，說道：「你若還不依我，去了，我只咒得你肉片片兒飛！」張順聽了這話，恨不得一口水吞吃了這婆娘。看看天色晚了，安道全大醉倒了，攪去巧奴房裏，睡在床上。巧奴卻來發付張順道：「你自歸去，我家又沒睡處。」張順道：「只待哥哥酒醒同去。」以此發遣他不動，只得安他在門首小房裏歇。

　　　　張順心中憂煎，那裡睡得著。初更時分，有人敲門。張順在壁縫裏張看，只見一個人閃將入來，便與虔婆說話。那婆子問道：「你許多時不來，卻在那裡？今晚太醫醉倒在房裏，卻怎生奈何？」那人道：「我有十兩金子送與姐姐打些釵環，老娘怎地做個方便，教他和我廝會則個。」虔婆道：「你只在我房裏，我叫女兒來。」張順在燈影下張看，卻見是截江鬼張旺。原來這廝，但是江中尋得些財，便來他家使。張順見了，按不住火起。再細聽時，只見虔婆安排酒食在房裏，叫巧奴相伴張旺。張順本待要搶入去，卻又怕弄壞了事，走了這賊。約莫三更時候，廚下兩個使喚的也醉了；虔婆東倒西歪，卻在燈前打醉眼子。張順悄悄開了房門，趸到廚下，見一把廚刀，明晃晃放在灶上，看這虔婆，倒在側首板凳上。張順走將入來，拿起廚刀，先殺了虔婆。要殺使喚的時，原來廚刀不甚快，砍了一個人，刀口早卷了。那兩個正待要叫，卻好一把劈柴斧正在手邊，綽起來，一斧一個，砍殺了。房中婆娘聽得，慌忙開門，正迎著張順，手起斧落，劈胸膛砍翻在地。張旺燈影下見砍翻婆娘，推開後窗，跳牆走了。張順懊惱無極，隨即割下衣襟，蘸血去粉牆上寫道：「殺

人者安道全也！」連寫數十處。

　　挭到五更將明，只聽得安道全在房中酒醒，便叫巧奴。張順道：「哥哥，不要則聲，我教你看兩個人。」安道全起來，看見四個死屍，嚇得渾身麻木，顫做一團。張順道：「哥哥，你見壁上寫的麼？」安道全道：「你苦了我也！」張順道：「只有兩條路，從你行。若是聲張起來，我自走了，哥哥卻用去償命；若還你要沒事，家中取了藥囊，連夜徑上梁山泊，救我哥哥。這兩件隨你行。」安道全道：「兄弟，忒這般短命見識！」有詩為證：「紅粉無情只愛錢，臨行何事更流連。冤魂不赴陽臺夢，笑煞癡心安道全。」

（《水滸傳》第六十五回《托塔天王夢中顯聖　浪裏白跳水上報冤》）

　　演戲為了熱鬧，對這一情節進行了誇張，把李湘蘭的「暗門子」改為一個大妓院，根據戲班的大小和旦角的多少，在安道全「嫖院」一節上大做文章，將舊劇中《思志誠》的那套演法統統搬了上來。

清宮戲畫《貪歡報》　清同光時期清宮如意館繪

《貪歡報》原本是明代的一部傳奇小說，不少故事描寫了妓院的狀況，描摹妓女、鴇母、龜奴和嫖客等人的勢利情態，一但床頭金盡，備受種種欺負，對混跡花叢，耽於逸樂之輩，知所警醒。戲劇「張順請醫」的故事，是借了此書的名稱，也有警世的喻意。

　　《思志誠》是一齣什麼戲哪！筆者從舊史料中得知，其內容十分簡單。描寫一位有錢的闊少來逛妓院，因為腰纏萬貫，妓院上上下下，從老鴇子、龜奴、大茶壺，連老媽子都跑出來迎奉。待闊少坐定，龜奴把妓院中的妓女全都喚將出來，齊聚一堂，一個個搔首弄姿、盡展美色，任憑闊少爺選看。闊少先從相貌中一一品評，難辨瑜亮，就開始比較妓女們的技藝才華。於是闊少居中，開始點唱。凡臺上的妓女角色均要一一獻技，各自唱上一段兒拿手的絕活，或西皮二黃，或崑曲亂彈，或時調大鼓，或坊間俚曲，均可無拘無束地唱來。妓女每唱一段兒，龜奴與闊少就品評一段兒，直至所有妓女唱完，闊少選中一位「色藝雙馨」的紅姑娘，雙雙攜手入內，全劇始完。

　　這種戲的出現是與當時社會的頹唐風氣有關。彼時都城內外商賈繁華，私寓妓院、相公堂子櫛比鱗次。有錢的紈絝子弟、官商巨孹將逛妓院、狎相公、打茶圍、飲花酒，視為一種風流雅事，用以怡情娛樂。政府不管，社會更熟視無睹，頹廢淫亂之風甚囂塵上。此外，彼時的茶樓戲館都是男人專屬的娛樂場所，女人不能涉足。因此，藝人們把風月場中的千般旖旎，直接搬演到舞臺上，並不為人詬病，反而更受觀眾們歡迎。有錢可賺，何樂不為！在臺上飾演妓女的歌郎們也都是「堂子」出身，各有私寓。向來臺上演戲，臺下侑酒接客。這些歌郎借演《思志誠》之際，可以穿上更光鮮的衣裳，梳上更時髦的髮髻，把自己打扮得更加妖豔漂亮，在臺上再唱上兩段勾魂攝魄的酸曲兒，正好給自己做了廣告，可以招攬更多的「恩客」登門。

　　這種戲對一般平民觀眾來說，也頗有吸引力，眾多的平民觀眾平時去不了妓院，不知道妓院內部是個什麼景致，不知道什麼叫「嫖」，什麼叫「打茶圍」，什麼叫「飲花酒」，而在這齣戲中，就可以看到妓院中的種種張致、種種排場，和紙醉金迷、花紅酒綠、醉生夢死、偎香擁翠的「天堂」生活。臺上點曲兒，妓女輕歌，臺下的看客也就成了「逛窯子」中的一員，偌大的便宜，能不趨之若鶩！在近代中國戲曲史中，經常會提到《思志誠》這齣戲，清末很多著名的戲曲演員都演過這齣戲，如《同光十三絕》中的名丑楊鳴玉、劉趕三、梅巧玲等人，都以擅演此戲稱著。

《秦淮河》　四川綿竹的木版年畫（清末民初）

這是一幀由木版印製單線之後，再用手工著色的年畫。畫面細膩精緻，但是很費功力，
保留至今，甚是珍貴。圖中張順手執鋼刀，正在脅迫安道全上梁山。安道全為丑扮，
頭戴道冠，身著桔紅道袍，腰間繫一紅桃荷包，暗示他是一個好色之徒。他在張順的
恐嚇之下，渾身顫抖，不知所措。

　　在梅蘭芳先生的「綴玉軒」中，珍藏有一幅沈蓉圃繪製的《思志誠》，上有羅癭公的題字——「思志誠合影」。這張畫長六尺、寬三尺二寸，上繪戲劇人物計二十一人。據專家考證，圖中的演員有道光、咸豐、同治、光緒時期的著名小生、花旦、小丑，除前邊提到的幾位之外，還有當紅的演員時小福、楊朵仙、朱霞芬、孫彩珠，孔元福、黃三雄、徐小香、葉中興、余紫雲、方松齡、朱蓮芬、王彩琳、吳燕芳、鄭多雲、曹福壽、顧小儂、董慶雲等。足證，當年這齣戲的影響之大。

　　《貪歡報》借安道全嫖宿的情節，把戲班裏的旦角全都化妝為妓女登臺獻藝。每演至此，鴇子、王八、大茶壺一起上場，紅燈高掛、華廳敞開。王八一聲吆喝：「老大、老二、老三、老四、老五、老六，見客啦——」於是乎，一大串妓女，依次上場。雖說良莠不齊、醜俊不一，也是花團錦簇、一片熱鬧。中間還要有丑角扮演的「醜丫頭」、「彩婆子」摻雜其間，以博看客一笑。此時，場上的張順、安道全也就都成了嫖客、看客，來點看妓女們的表演了。這妓女唱上段《小上墳》，那個妓女反串一段《文昭關》；中間還時不時地加上些京韻大鼓，太平歌詞、什樣雜耍等等。由丑角兒扮演的醜妓女就更出格了，在女人不進劇場的時代，往往要唱上一段「大五葷」，或《陞官圖》（是一段用清季官職為隱語，描寫男女性事的小曲兒）《十八摸》什麼的。民國後，女人可以進劇場時，醜妓女也要唱上一些「酸曲」、「靠山調」。這樣的演出，可以把戲抻長，儘管已經文不對題地出了戲，但是，由於這種演法輕鬆活潑，笑語連篇，很受看客歡迎。一旦後臺管事的估計時間差不多了，便暗示前臺，立馬打住，戲則重入正題。張旺上場，張順開始殺院。由於這齣戲，生、旦、淨、末、丑角色齊全，且又葷素皆備，文武帶打，所以十分上座。增加了票房的收入。因此，這齣戲也叫《秦淮河》（妓女麕集地），也叫《大嫖院》。許多地方劇種也競相搬演。川劇也叫《貪歡報》，梆子則稱《請醫殺院》，湘劇則貼《張順報冤》等等不一而同。

　　清代詩人醉薇居士所著《日下梨園百詠》中，有一首詩寫《貪歡報》（《大嫖院》），以記其勝：

　　　　白眼偏加辱，貪歡亦可憐。奚來阿堵物，長續有情天。雀鼠聲相觸，鴛鴦夢不圓。求醫迎遠道，卜夜踐良緣。紅粉容逾膩，青囊術待宣。恩難交頸釋，術枉折肱傳。刀影燈前耀，書痕壁上鮮。梁山東望在，回首意淒然。

清沈蓉圃繪《思志誠》　　梅蘭芳之綴玉軒收藏

沈蓉圃繪《思志誠》，圖中的演員有道光、咸豐、同治、光緒時期的小生、花旦、小丑，楊鳴玉、劉趕山、梅巧玲、時小福、楊朵仙、朱霞芬、孫彩珠，孔元福、黃三雄、徐小香、葉中興、余紫雲、方松齡、朱蓮芬、王彩琳、吳燕芳、鄭多雲、曹福壽、顧小儂、董慶雲等人。《大嫖院》中的表演內容形式多取於此。

　　這齣戲出現得很早，大概出自於亂彈，不僅在市井戲院演出，還經常出現在王府權貴們的堂會之上。《清季梨園史料》中不乏《大嫖院》的演出軼事。名丑楊鳴玉向以冷雋詼諧，做、表傳神，深受時人稱道。他還擅長在臺上抓哏，嘲諷權貴，抨擊時弊。據說，他在一次某王府舉辦的大型堂會上演出此戲，楊鳴玉扮演的龜奴正在召喚妓女出臺。正好看見五王爺奕誴、六王爺奕訢、七王爺奕譞等三位王爺在臺下行走，就大呼小叫地喊道：「老五、老六、老七，快出來見客啊，走快些！」舊時妓女多以排行相稱，他這一語雙關的噱頭，引得全場觀眾哄堂大笑，連臺上做戲的伶人也都笑得前仰後合，捧腹不已。三位親王被這種「幽默」嘲諷，羞得滿面赤紅，惱不能惱，笑也笑不出，深感無地自容。

　　因為這齣戲有「嫖院調情」的色情成份，後邊又有「殺鴇殺妓」的兇殺成份，所以這齣《貪歡報》（《大嫖院》）一向被視為「血粉戲」。加之演員在臺上刻意渲染，社會上口碑不佳。道光十二年（1832）這齣戲與《界牌關》曾被調入宮內演出。演畢，道光皇帝甚為不快，當即告諭，稱：

　　《界牌關》羅通殉難，裸體蹵趄，《潯陽江》張順翻波，赤身跳

躍，對叉對刀，極凶極惡，蟠腸亂箭，最狠最殘，梨園蠹海、名教應除，法司當禁。

（引自金連凱道光原刊本《靈臺小補》王利器編
《元明三代禁燬小說戲曲史料》）

道光十六年（1836）清政府再發《禁止演淫盜諸戲諭》，民間禁演有關《水滸》的戲劇。論中稱：

今登場演水滸。但見盜賊之縱橫得志。而不見盜賊之駢首受戮。豈不長兇悍之氣。而開賊殺之機乎。案優伶為本學所統管。凡有點淫盜諸戲者。仰班頭即請更換。爾士民亦宜慎擇之。以助本學正人心。消亂萌而迓神貺。是所厚望。

（引《丙申四月容山教事錄》余治輯《得一錄》）

光緒十六年（1890）六月十四日，英會審員蔡太守奉到蘇藩司黃方伯之命，在《申報》上刊布《禁止淫戲公告》，發貼通街。嚴禁一批「誨淫誨盜」的劇目上演，《秦淮河（即《大嫖院》）》再次名列其間。

不過，這齣戲到了民國以後，就逐漸地不再時興了。戲中「嫖院」的規模越來越小，慢慢地與《水滸傳》書中的描寫相近了。但是，安道全與李湘蘭調情的白口，依然是葷素雜陳，你肏、我肏、浪蹄子、龜孫子的「髒口」不絕於耳。最終，觀眾對這齣戲失去了興趣，此戲便淪落為只能排在前三齣的小戲了。顧曲家陳墨香先生說：

昔日演張順殺妓鬧勾欄。一般名花旦路玉珊、王蕙芳都曾演過，墨香親眼得見。這一齣的情節不盡按照《水滸》原文，他是借題發揮，描寫妓院的積習，用筆十分深刻。後來卻不時興，差不多弄成開場玩藝，沒幾個好角唱了。然而前不多年，荀慧生在濟南唱過這齣戲的。是黃潤卿給扮的老鴇，慧生扮的李湘蘭。張順殺妓一場，慧生披散頭髮做出逃生無路的狼狽狀態，臨了被張順揪住胳膊用刀刎頸。慧生把散髮往後一掄，撲地跌倒，演來也未嘗不像一齣正經戲文，只這是一齣真正玩笑旦的正工，不是後來興起青衣花旦為一門，屬些閨門旦派別，取名叫作花衫的那一類。若講扮相、說白、蹻工三項，自然玩笑旦有玩笑旦的拿人去處。要不分青紅皂白，一律當晚出花衫來看待，未免嫌這類戲的唱詞太少，除掉〔西皮搖板〕，仍是〔搖板西皮〕，連四句〔原板〕都沒有，所以就落了伍。這是時

代潮流的關係。不能說是以前編戲人製造不良。也不能說這一齣沒
精彩，天生是開場乏貨。這個李湘蘭雖是歇工戲，也得過觔斗，很
有可看之處，不算配角。

（陳墨香《觀劇生活素描》）

上世紀四十年代之後，這齣戲在北方就很少有人演出了。在上海兼或有
人貼演此戲，但多是二牌的短打武生或裏子旦角貼演，成了大軸子的墊戲。
目前好像只有艾世菊飾演張旺的一段白口的錄音存世，這齣戲的原始劇本大
概也已年久失傳了。

附：《貪歡報》係根據 1933 年富連成演出本整理、見本書下卷。

《馬思遠》──
《馬思遠》與曹福壽、筱翠花

　　《馬思遠》是一齣骨子老戲，內容是根據清代發生在北京前門外大柵欄的一樁人命官司改編而成的。

　　清代同光年間，北京前門外是在商賈雲聚的地方，很多有名的大買賣，如同仁堂老藥鋪、瑞芙祥綢緞莊、步瀛齋鞋帽店、老德記洋貨鋪和屈臣氏洋藥店都開在左右兩廂。東、西方向有煤市街、糧食店，緊連著「八大胡同」。一些休閒的場所，不少查樓戲館、餐館飯莊、澡堂子、鼻煙鋪也都開在這條街上。馬思遠開的這個大茶館，就在而今的大觀樓電影院。《北京市電影發行放映史》的作者說：「最早的大觀樓影院名字就叫馬思遠茶樓。」

　　此說，可能是一種訛傳，這裡姑且信之。馬思遠茶館裏有個打工的廚子名叫王龍江，為人憨厚老實，家住永定門外沙子口，平時吃住都在茶館裏，只有三節放假才回家歇工幾日。他的妻子趙玉兒年青貌美，長年獨守空房，實在不甘寂寞，常有非分之想。有一天，她獨自一人到永定門外海慧寺（有的劇本稱三官廟）閒逛，遇見了一個行街的小販，名叫賈明。這個人衣著整潔，能說會道，手執一柄「驚閨」（就是個雙鈴撥浪鼓，故而此戲也叫《雙鈴記》），身背一個貨箱，是個會討女人喜歡的賣絨線的貨郎。二人在海慧寺內對上了眼，先由搭訕調笑、眉目傳情，未幾便動手動腳，勾搭成奸。趙玉兒把賈明約至家中奸宿。這一年年終臘月二十八，茶館裏封火放假，王龍江與東家馬思遠結了工錢，又拿了五十個肉包子回家過年。行至天橋，進了酒館，飲得酩酊大醉。剛一出門，又遇見老朋友甘子謙。這個甘子謙原是個進京投

親的外地人，投親無著，淪為無業游民，時常向王龍江告幫。王龍江倒也四海，看他可憐，每次都多少地給以接濟。這回甘子謙又忍不住向他借錢。王龍江沒有借錢給他。甘子謙見王龍江所負行囊十分沉重，猜想他一定財物豐盈，便尾隨其後，一直跟蹤到沙子口王龍江的家中，想乘夜偷他。可巧，這晚趙玉兒正與賈明在家中幽會，一聽王龍江叫門，一時避閃不及，趙玉兒急中生智，把賈明藏到後院倒扣著的空缸之內。趙玉兒為了長期與賈明歡好，視王龍江為仇寇一般。是夜，乘其醉臥酣睡，從缸裏把賈明拉了出來，合計把王龍江殺死，二人好做長久夫妻。賈明膽小，不敢殺人，趙玉兒便親自動手，用廚刀將王龍江劈倒在地，二人又用桌子壓在他的身上，使王龍江一命嗚呼。而後，二人把王龍江的屍首掩埋在後院當中。他倆的罪惡行徑，被躲在一旁的甘子謙看得一清二楚。待到二人歸房淫樂之際，被嚇得魂不附體的甘子謙，才抽身逃出王宅。

事後，趙玉兒恐怕王龍江未回茶館上班，啟人疑竇。便心生一計，過了正月十五，自己親自找到茶館，向老闆馬思遠要人。馬思遠說，王龍江分明在節前回家，且有店中夥計作證。而今開張數日，不見龍江上班，正要找他哪！不想趙玉兒刁蠻無禮，一口咬定馬思遠為賴工錢，將自己的男人殺害了。於是，雙方發生口角，食客從中調解無效，二人便拉拉扯扯地去了南城兵馬司衙門打官司。在堂上，二人各執一詞，相互指控，問官搞不清楚底細，如同丈二和尚一般摸不住頭腦。遂將此案具文詳呈，將二人一起轉送巡城御史大堂羈押。

事有湊巧，甘子謙自王龍江家中逃出後，嚇得大病一場。病癒無食，又在大街游蕩，由此犯夜，被巡城捕快拿獲，也押解到御史大堂候審。是日，滿官施明德與漢官沈大人一起審案，綁在廊下的甘子謙看到趙玉兒和馬思遠也在此處過堂。為求脫身自保，甘子謙便將自己在王龍江家中，目睹趙玉兒和賈明二人殺人埋屍之事，詳詳細細地揭發了出來。施明德馬上差人逮捕賈明歸案，並將王龍江的屍首挖了出來。在嚴刑和證據面前，胡攪蠻纏的趙玉兒和賈明無法抵賴，只得認罪伏法，全案真相大白。馬思遠無罪釋放，賈明處斬，趙玉被判凌遲。

這齣戲在趙玉兒和賈明勾搭調情時，有許多的色情和有傷風化的表演，多為正派觀眾所不恥。在趙玉兒和賈明刀劈王龍江的時候，有的採用暗處理，趙玉兒持刀進入帳裏殺人，帳內傳出用刀狠剁床板的聲音。隨後，王龍江額前帶刀、血流滿面地從帳內竄出，面目恐怖嚇人。賈明見龍江未死，便將龍

江撲倒在地，趙玉兒也從帳中躍出，二人搬桌子將王龍江壓死。還有一種更恐怖的演法，與《殺子報》一樣使用「血彩」，當場殺人。據老藝人存永綿先生（已故）介紹，趙玉一刀砍下，未中要害，王龍江從床上驚起，躍出帳外。被賈明攔腰抱住，趙玉兒接著又是一刀，正劈在王龍江的臉上。王龍江當場皮開肉綻，腦漿迸裂，紅白之物，一迸噴出，更是恐怖嚇人。每演至此，臺下莫不驚恐失聲，令人不忍瘁睹。這種「血彩」，是先在硬紙殼製成的廚刀的刀刃上，用紙糊上一條包有紅色假血和白色腦漿的豬尿包。尿包外邊刷上一層與刀刃一般的顏色，臺下的觀眾看不出來真假。這把刀一旦劈在王龍江的臉上，紙刀刃當即捲起，豬尿包被擠破，假血、假腦漿頓時四濺而出。賈明嚇得鬆了手，王龍江走「僵屍」，血肉模糊地倒在地上。據說，早年間演到這裡時，曾經嚇壞了一個小孩，使這個孩子當場氣閉，人事不知，經多方搶救，才得蘇醒。這件事驚動了政府，曾責令劇場在門口貼有「謝絕小童入內」的告示。違者，出現一切事故全由劇場負責。

《雙鈴計》之王龍江和賈鬍子　香煙畫片（1928 年）

《雙鈴計》亦稱《馬思遠》《海慧壽》，是齣多次被禁的戲，能留下來的劇照資料幾乎沒有。在筆者收藏的香煙畫片中到有兩幀人物造像，一併刊印於此。王龍江戴氈帽，王八鬚髯口，穿藍布褂，繫裙肩，扛一串當十錢，是他酒後回家的神情。賈鬍子則身穿時裝便衣，背櫃子，拿搖鈴，戴哈哈笑鬍子。民國時期的名丑趙仙舫、李敬山演來最為拿手。

　　這齣戲最早搬上舞臺的時間難以確考，據齊如山先生在《京劇之變遷》一書中曾提到名伶曹福壽時說道：

> 大柵欄大觀樓地基，從前為大亨軒，亦常演戲。旦角曹福壽（先
> 唱老生，後改旦角）常演於此，極能叫座，按地棍馬子衡在大亨軒
> 打死人成訟一案，乃極出名之案，即係捧曹福壽之故。

　　據考，曹福壽本名服疇，號韻仙，係北京人。生於咸豐元年（辛亥）六月廿九，即公元 1851 年 7 月 27 日，比梅巧玲小九歲。出身徐阿三的聞德堂，成名之後，自營聞喜堂。他專擅《馬思遠》一劇，而且久演於前門「大亨軒茶園」。所以「大亨軒茶園」也有「馬思遠茶館」之稱。以此推之，《馬思遠》一劇最早演出於同光年間。不過，彼時的演出還是比較文明質樸的，「殺人」一場戲用暗場處理，趙玉兒和賈明被判刑後，也就吹「挑子」散戲了。

　　後來，這齣戲越演越過火實，「殺人」不僅改在了前場，而且採用了「血彩」。這還不算，為了火實，還將趙玉兒的「凌遲」，改為「騎木驢」了。

　　凌遲這種的刑罰，俗稱「千刀萬刮」，始於宋代。《宋史・刑法志》說：「凌遲者，先斷其肢體，乃抉其吭，當時之極法也」，可謂十分殘酷。元代以降，凌遲被定為官定刑罰，一直延用至清。這種酷刑在舞臺上是沒有辦法表現的。有的戲班為了爭取票房，招攬觀眾，就把「騎木驢」給趙玉兒按上了。

　　「騎木驢」是古代專門懲治那些勾結姦夫謀害親夫的女人所用的一種酷刑。據明代《二十四史演義》稱，所謂「騎木驢」，先在一根木頭上豎起一根三寸見圓的木柱，把受刑的女子弔起來，放在木柱頂端，使木柱戳入陰道內，然後放開，讓女犯身體下墜，直至木柱「自口鼻穿出，常數日方氣絕」。後來，又改為在木架子上支上一根粗大的「驢勝」般的木棍，將女犯赤裸地置於架上，把「驢勝」插其陰道內，抬著遊街示眾以後，再處凌遲。正如《水滸傳》描寫處決王婆子的場面一般：「大牢裏取出王婆，當廳聽命。讀了朝廷明降，寫了犯由牌，畫了伏狀，便把這婆子推上木驢，四道長釘，三條綁索，東平府尹判了一個剮字，擁出長街。兩聲破鼓響，一棒碎鑼鳴，犯由前引，混棍後催，兩把尖刀舉，一朵紙花搖」，令其受盡凌辱之後，再將其刀下斃命。

　　早年間，每演到趙玉兒「騎木驢」遊四門時，臺下群情鼎沸，觀者熱情之高，無以言喻。據說，趙玉兒的「公堂熬刑」和「騎木驢」的神、色、做、表，是評價一名歌郎或男旦技藝高下的一塊過硬的試金石。

　　這種演法之所以能出現在舞臺上，是因為當時的茶樓戲館都是男人的天

下，女人「大門不出，二門不邁」，根本與看戲無緣。所以，舞臺上盡可以隨意「糟蹋婦女」，盡可以「誨淫誨盜」，政府若是不管，絕無異性群體抗議。另外，彼時的演員也都是男人，歌郎本身就有著男妓色彩；男旦，也不乏龍陽之癖。為了出名、掙錢，在臺上出乖露醜並不為恥，能贏來更多的捧客和錢鈔，才是「堂子」的榮耀。

據老一輩的劇評家考證，這種演法也並非京劇的獨創，它是從南方地方戲小班慣演的《倭袍》承繼過來的。《倭袍》中的刁劉氏謀死親夫，問罪判刑，就是以這種形式演出的。早年間，為了紅火招人，是劇還把一隻真驢牽到臺上來，轉上一兩圈兒。劇場便以「活驢上臺」為號召，把戲票再抬高一倍。

民國伊始，政府推行新政，名伶田際雲等人聯名具呈廢除「堂子」，「私寓」。政府欣然採納，率先取締了這些「歌郎養成所」。同時，提倡男女同臺演戲，准許婦女進劇場觀劇。因此，諸如《殺子報》《馬思遠》之類的色情兇殺戲的演法，得到了一定控制。不少城鎮皆由地方出面，禁演了這類戲。《馬思遠》遂被淡出舞臺，有十來年不演這齣戲了。當初擅演此劇的老一代藝人如楊朵仙（楊寶森的祖父）、路三寶、十三旦、老水仙花等人也都把這齣戲藏入石室，不教不唱了。

民國六、七年，富連成的業務不景氣，上座率不高，牛東家那邊也出現了財政饑荒。時任總教習的蕭長華先生就又把這齣戲的老本子翻騰了出來，刪前減後地仔細修訂了一番，把「犯忌」的場子全都刪掉，「殺人」不犯忌，摳得細點兒。「遊街」免去，免得授人以柄，加重「熬刑」。而後交給了葉春善，說：「咱們科裏有現成的人才，演這齣《馬思遠》絕對錯不了。筱翠花這孩子有心胸，能咬牙，功夫磁實，我再把幾個老哥們請來，好好地給他摳摳趙玉兒。演好了，不僅成就了他個人，也給咱社裏添倆錢兒花。」葉春善知道，排這齣戲肯定錯不了，因為筱翠花的《殺皮》、《殺惜》、《殺山》都手拿把攥，無人能比，排這齣《馬思遠》一定火實。排演之前，他向梨園公會打了招呼，又向社會局裏的頭面人物吹了吹風，怕的是辛辛苦苦地把這齣戲排出來，哪位大爺看著不順眼，把它給「崩了」。

彼時，擅演此戲的老前輩路三寶已然謝世，田桂鳳、余玉琴也都五十歲了，有的為疾病困擾，有的當了老封君，很少出門。蕭長華便把已經改行文場的楊小朵請了出來，請他把他父親楊朵仙演這齣戲的一些私活絕竅，毫無保留地抖落出來。

　　楊小朵這個人對演戲是極為認真的。他的父親楊桂雲，號朵仙，是清末著名的花旦，兼演刀馬旦，他演的趙玉兒人稱一絕，眼神可一瞬千變；臉色可幻化於須臾之間，個中絕技實乃家傳秘笈，向不外傳。小朵自幼子承父業，專工花旦，十幾歲時已小有名氣，擅演潑辣、刺殺，劇目也頗為豐富，本當有極大的發展。奈何，在一次演出中出了失誤，便自責不已，斷然退出舞臺。梨園界的老人都知道，民國五年正月十六，他在北京天樂戲園與榮蝶仙合演《樊江關》，演到樊梨花與薛金蓮比劍時，因頭上的網子鬆動，所戴頭面被挑落臺上。楊小朵回到後臺捶胸頓足，大哭不已。同班師友好言寬慰，他依然覺得對不起祖師爺，堅持辭謝舞臺，改為其子楊寶忠操琴說戲了。此次出山，一是鑒於蕭、葉二位先生的一片赤誠，又見筱翠花是個可塑之材，為使絕技不被湮沒，便傾囊以授，把不少小竅門、小過節兒一一點化給筱翠花。例如，趙玉兒初見賈明時用的「上三眼」，即「驚」、「喜」、「愛」；與賈明分手時的「下三眼」，「勾」、「瞟」、「戀」；均有楊朵仙的神髓。筱翠花聰明絕頂，憑著自己的眼功好、蹺功好、白口好，三絕俱備；加之「辣」、「煞」、「撒」，三路俱通；演出的趙玉兒，那真是個被「性饑渴」磨煉出來的一個「滾刀肉」、「坐地炮」，一個用美人畫皮包裹著的放蕩淫魔、兇神惡煞。

　　民國七年，富連成在廣和樓剛一貼出這齣戲，當即四城轟動。因為這齣戲多年不見於舞臺，至使傾城周郎趨之若鶩。這齣戲連演三天，天天爆滿。報紙上也屢屢報導，還掀起了一陣關於「馬思遠」的旋風。「馬思遠茶館」的原址是在大觀樓電影院，還是在對面的門框胡同？王龍江的家是在沙子口還是在鐵匠營？趙玉兒與賈明初次相遇的地方，是大紅門的「海慧寺」，還是通州西大街的「三官廟」？這類筆墨官司在報上爭論了許久。一時間，老北京無人不知趙玉兒是個被刮了的淫婦。有些外地商人看完戲後，還特地到大柵欄大觀樓電影院一帶尋找一下「馬思遠茶館」的舊跡。從此，《馬思遠》每貼必滿，票價還不斷加錢。侯寶林先生的相聲《買掛票》，就是從這件事兒變化來的。如是《馬思遠》「紅了筱翠花，闊了富連成」，竟成了梨園界的一句「順口溜」。

　　民國十年，筱翠花帶著他的這齣戲和拿手的「三殺」到了上海，那真是紅得山崩地裂。不僅上海人看，就連蘇杭江浙一帶的人，也有不辭辛苦地專程趕到滬上，來看這齣《馬思遠》和「筱翠花」的「刁蠻淫蕩」。南邊的人看戲，就愛看個新鮮刺激，筱翠花演的角色多數都屬「不良女性」，如《殺嫂》中的潘金蓮，《殺山》中的潘巧雲、《刺嬸》中的鄒氏、《大劈棺》中的田氏、

《也是齋》中的皮匠妻等，這回再加上這個趙玉兒，稱得是專演「淫婦蕩婦」的「專業戶」了。

三十年代，《立言畫刊》刊載的《近代名伶小史》，對筱翠花有一篇全面的介紹：

> 近二十年間，談京界之花旦者，推田桐秋，桐秋物化，已有才難之歎。而能以念白表情，繼桐秋而執花旦界之牛耳，以與梅尚荀程四大名旦相馳騁，爭一日之短長者，其惟筱翠花乎。筱翠花，姓于氏，乳名三立，字紹卿，筱翠花其藝名也，原籍山東省登州府，寄籍河北省宛平縣泗水村，父於德海，字清泉，勝清末葉，供職於都察院。母張氏，京兆大興人，庚子（清光緒二十六年）七月二十二日丑時生，紹卿（今年四十一歲）聰慧異常兒，五歲入私塾，學名曰桂森，總部善讀書，冠於儕儔，塾師極贊稱之。九歲，因家累輟學，入鳴盛和科班，坐科學藝，時光緒三十四年夏五月也。學秦腔花旦，藝名盛琴。班主名旦老水仙花（郭際湘）見而異之，頗加青眼。翌年，以十歲旦名出臺奏技，聽者咸以神童目之，頭角崢嶸，皆知其必非池中物也。嗣以小牡丹花名，歷藝演於北京吉祥、丹桂諸園，聲名頓噪，一時九城顧曲周郎，咸以十三旦（侯俊山）後無第二人稱之。同科師兄弟，如劉鳴福（劉硯芳）、李鳴玉、張鳴方等，皆負一時之佳評者。

> 未幾，鳴盛和班報散，紹卿遂家居，自行潛修，間或出臺各園，每歌一曲，聽者無不稱絕。而紹卿終以不得良師為憾。迨民國二年三月十一日，經友介紹，改入富連成科班坐科，以求深造。列人第二科，易藝名曰連泉。時紹卿年方十四歲也，從蕭長華、蘇雨卿、蔡榮桂、郭春山諸教師，學花衫戲，文武昆亂，無一不能，曾貼演《遺翠花》而致名喧都下，因以筱翠花之名，而揭櫫焉。嗣經田桂鳳（桐秋）、楊小朵、路三寶諸名伶，時加指導，劇藝大進。時在三慶、春仙、廣德、廣和諸園演唱，聲譽益振，一時與尚小雲、芙蓉草、白牡丹（荀慧生）齊名，都中輿論，稱之「四秀」焉。

> 紹卿在富連成坐科四年，至民國六年三月十一日出科，時紹卿正十有八齡也。滿科後，感諸師長教導之恩，未忍遽去，在社效力一年又八九個月之久。翌年十二月，應斌慶社之聘在吉祥戲園外串

演劇，此為紹卿離科班獨自演唱之始。在京各園演唱年餘，大博九城人士之贊許。迨民國九年春二月，紹卿應漢口合記大舞臺之聘，南下演劇兩月，名滿漢皋，引為紹卿應聘出京之始。及夏四月，由漢北旋，先後出演於北京吉祥戲園、新明大戲院、城南遊藝園等處，每一登臺，彩聲震瓦，而「筱翠花」三字，上自大人先生，下到販夫走卒，以及婦人孺子，靡不知之者。蓋其藝已大成，臻於化境，聆之者交口稱譽，謂其合路三寶、田桂鳳，及侯俊山之長於一身，而自以稱霸於花旦界矣。

是年秋七月之望，應上海天蟾舞臺許少卿之聘，與王又宸偕同南下，一時江南春色，又為紹卿所獨佔矣，繼續合同三次，迨至民國十年夏四月下浣之二日，因完婚之期已近，遂辭天蟾之約，離滬北歸，道過南通，又經歐陽予倩所挽留，於更俗劇場，演劇二十一日。直至夏六月一日，始旋京師。民國十一年，夏五月，紹卿又偕楊小樓、梅蘭芳、王鳳卿、龔雲甫輩、二次赴滬。乃出臺於天蟾舞臺，受春申人士之歡迎，盛況尤過於第一次蒞滬，迨合同滿後，與楊、梅等偕旋，歷在京津各園，分別演唱，嗣復搭入重慶社，與尚小雲合作，前後共達六年之久。及民國十六年，脫離重慶社，十七年自行組永和劇團，由乃兄于永利，經挈其事，在京津各園演唱，聲譽益著，問或離京赴滬、濟、寧、漢等演唱，亦均收極佳之成績，載譽凱旋，而筱翠花之名，與四大名旦梅尚荀程相坪，繼田桐秋之後，而執京劇界花旦之牛耳，自非偶而也。于氏能戲極多，經計達四五百出，演者，亦達百焉，而近年翻排之本戲，二三十齣。

（《立言畫刊》刊載《近代名伶小史》）

筱翠花的扮相姣好，眼睛大而秀美有神，雙目似會說話，媚人時，可謂「美目盼兮，巧笑倩兮」；作惡時，「賊光四射，凶兮爆兮」。他扮齣戲來婀娜多姿，身段苗條，嗓音雖然略帶沙啞，但是演唱和念白功力深厚，能夠響堂打遠，字字能夠送到最後一排觀眾的耳朵裏。其技藝之精湛，表演之精細，刻意求工，入木三分。可人處，令人憐愛；可恨處，令人切齒。所以他飾演的有「心理殘缺的」女性和「色情狂」、「變態狂、「殺人狂」，細如工筆，狂似潑墨，令人拍案擊節。他的蹻功已臻於化境，筆名「愛蓮君」的詩人曾在報上寫詩讚道：

足下有蹺似無蹺，嫋嫋婷婷水上飄。窅娘新月無人見，于氏絕技正堪瞧。

（《觀筱翠花之〈小上墳〉》）

筱翠花和他飾演的趙玉　攝於 1945 年

于連泉的扮相好，做功細膩，蹺功已臻化境，一舉一動，一步一趨，皆具法度。他雖然正式拜的老師是田桂鳳，但他崑曲、梆子皆通，武功根底深厚，這一點與路三寶相同。從戲路子上講，于連泉擅演的《坐樓殺惜》、《戰宛城》等花旦刺殺戲，帶有兇狠煞氣的精湛表演，也是繼承了「面有慘屬之色」的路三寶後，再加以豐富發展的。而對于連泉「筱派」藝術風格影響最大的，也是路三寶。

　　筱翠花的朋友劇評家包緝庭先生，曾在香港《大成》雜誌撰文《馬連良與筱翠花》。文中談到筱翠花的蹺功：

　　　　筱翠花幼時練蹺，用功極苦，這種苦工，並非他個人是如此，凡是科班出身的花旦、武旦，都要經過這種訓練，不過成績如何，就看個人的天分和努力的程度了。差不多都是兩腳綁上雙蹺，由朝

至暮不許鬆懈，在平地上練到步履如恒了，就要進一步做「站三腳」
的功課，「三腳」是一條二尺多高三條腿長凳的名稱，生徒綁蹺，站
在這窄板凳上，要挺腰直立，不倚不斜，少者幾分鐘，長者二三十
分鐘，居高臨下，小孩子腳腕無力，真能站哭了。小翠花不但站三
腳沒出過錯兒，到了冬天，他還能綁好了蹺，在冰地上跑圓場，這
類的功夫，就是後輩唱花旦的所學不到的了。

（見包緝庭著、筆者整理的《京劇的搖籃──富連成》一書）

筱翠花在臺上的一舉一動，莫不中規中矩，極具法度，為內外行一致公
認。花旦的諸般所長姑且不談，就是他演的潑辣旦、風騷旦、刺殺旦和鬼魂
旦，在潑辣、放蕩、兇殘、暴戾之中，依然富有古典美、節奏美和造型美。

筱翠花在《馬思遠》一劇中有著不凡不俗的表演。丁秉燧在《菊壇舊聞
錄》記述此戲時說：

除了調情那些煙視媚行的表情以外，在公堂受審一場，一上夾
棍，立刻臉上變色，那種內心表演的深刻，真是無人可比。配以馬
富祿的賈明，油頭滑腦，動手動腳，活脫一個淫棍。北平名劇評家
景孤血，把筱翠花這些戲稱為「血粉戲」，而謔稱馬富祿為「性丑」，
說他演這種調情角色是蓋世一絕。

（丁秉燧《菊壇舊聞錄》）

與其長期合作的名丑馬富祿先生，每每談起筱翠花的表演藝術時都說：
「假如有五大名旦，那第五個就是筱翠花。」他說：

筱老闆的表演最突出的是她的一雙眼睛。她的眼睛始終在舞臺
上把握著劇情的展開，指揮調動著觀眾的情緒。他一直看著你，凝
視著你。他所扮演的婦女，無論是「羞」、是「愛」、是「怨」、是「恨」、
是「狠」、是「毒」，通過眼神，都能攝人心魄！他在表達「愛」的
時候，能叫你渾身蘇軟、周身冒火；他在表達「恨」的時候，能讓
你毛骨悚然，渾身冰涼。在《馬思遠》這齣戲裏，趙玉兒刀劈親夫
之後，隨著鑼鼓，「嗖」的一聲，走一個「竄子」，飛了過去，落下
半個屁股坐在板凳上，兩隻踩蹺的小腳高舉著，回身一個凝神顧盼，
用沙啞的顫聲自言自語地問道：「他，他，他他他，究竟死了沒有？」
那才利落、逼真，真叫絕活，那才叫真功夫！

再說「公堂」那場戲，當她走進公堂時，那般若無其事，滿不

在乎，從骨頭裏散出來的那股子輕浮淫蕩勁兒，活託一個女流氓。當堂上說「看來，不上刑，你是不會招供的」。他演的趙玉兒把眼皮一搭拉，把嘴一撇，回道：「您瞧著辦吧！」潛臺詞是「姑奶奶一概不論。」滿官命衙役將拶子帶上她的十指，她依舊露出不屑一顧的神情。而當「驚堂木」一響，一聲「用刑」，全場無聲，只見筱翠花一雙眼珠子立即往中間一「對」，臉色隨之大變！當即五官挪位，露出了痛徹骨髓的表情！變得那個迅速，那個準確，釀成的那個舞臺氣氛，那火候的地道，我就沒見過有第二個角兒能達到的！」

筱翠花便裝像　攝於上世紀三十年代

筱翠花（1900～1967）名于桂森，入富連成科班後改名于連泉。北京人，原籍山東登州。九歲入老水仙花主辦的鳴盛和科班學藝，演梆子、京劇花旦。出科後，演出於北京吉祥、天樂等劇場。1912年，加入富連成科班，經蕭長華、郭春山等指導，技藝大進。1918年出科，在北京、上海、漢口等地演出，聲譽日隆。

《馬思遠》一劇的精彩與轟動，不僅因為主演過硬，配角也是硬整無比。最初是金仲仁的滿官舒明德，穿紗褂子，戴紅頂雕翎，一派清朝大吏的氣度，唱崑腔上，派頭好極。金仲仁本人就是大清宗室，演這一角色特擅勝場。筱翠花到上海新光大戲院演出時，是葉盛蘭的舒明德，也不含糊。演王龍江的是高富遠，演甘子謙的是王福山，演馬思遠的是侯喜瑞，簡直把諸般人物都

演活了。後來，馬思遠由筱翠花的哥哥于永利客串，也傳神阿堵，妙肖已極。筱翠花自己挑班以後，陣容更加齊整，尤以小花臉一行人材之多，為各社冠。如蕭長華、郭春山、馬富祿、賈多才、高富遠、高富全、艾世菊、詹世輔、蕭盛萱等，或為名宿伶工，或為新進英才，無不搜羅迨盡。《馬思遠》這齣戲也就越磨越精，成了「筱派」的代表作之一。

筱老闆不僅以此劇紅遍半邊天，戲貴人貴，包銀倍增，筱老闆也賺了個箱滿櫃盈，在北京和上海都置了不少房產。虎坊橋西邊的紀曉嵐的閱微草堂（也就是而今的晉陽飯店）也成了筱老闆的私產。一度租給恩師葉春善，將富連成科班遷入使用。

至於《馬思遠》一劇的社會影響，也引起過廣泛的爭論。一種輿論認為：「舞臺上大肆渲染色情兇殺，暴露野蠻與醜惡，違背了高臺教化的宗旨，予國予家、世道人心何益？應當予以禁止。」還有一種輿論認為：「演戲貴在懲惡揚善，暴露醜惡，將隱於黑暗的污濯悉數暴露於光天化日之下，好壞美醜，觀者自可明辨。做下罪惡之人，雖得意於一時，最終天網恢恢、疏而不漏。惡人受到審判，遭到報應，也是對世人的一種警示。」時人還有詩《贊筱老闆》：

　　　　奸盜淫邪集大成，于氏演來一腳蹬。反看正看皆警世，演到無
　　聲勝有聲。

　　　　　　　　　　　　　　　　　　（見三十年代《實報》副刊）

從現存史料上分析，《馬思遠》一戲的演出，也曾遭到過很多阻遏。翁偶虹先生在《回憶錄》中，提到尚小雲先生重視戲劇研究時，講過這樣一段往事。有一次尚先生從琉璃廠的骨董鋪子裏，花了不少錢買來了一張攝於清末的《馬思遠》劇照，照片的顏色早已發黃，也分不出是何人的所飾。然而，照片中趙玉兒的扮像與而今截然不同，梳旗頭，旗裝打扮。這說明當初發生在京都的趙玉兒一案，是出自滿族旗人身上的故事。後來，經傅惜華先生考證，認為此說無誤。由於，當時尚有權勢的滿族旗人對《馬思遠》這齣戲非常不滿，曾向「精忠廟」提過抗議，說這齣戲「故意糟蹋旗人」，必須禁演。戲班懼於權勢，就把趙玉兒的扮像改為漢裝打扮了。這一典故來看，說明滿族旗人是不喜歡這齣戲的。

另據《民國時期北平市民政舊檔》記有二十年代《北平牛街回民阿訇上書民政局要求禁演〈馬思遠〉》一事，反映出廣大回民觀眾也反感這齣戲。因為劇中人物馬思遠是個回民，演這種戲是「蓄意糟蹋回民」！還有大紅門「海

慧寺」的主持也曾上書梨園公會,「為了護衛佛門尊嚴,禁止將海慧寺編入戲文」。戲班到也通變,乾脆把「海慧寺」就改為「三官廟」了。

在筱翠花自己尚未挑班時,他演這類戲也是受到一定限制的。例如,他搭馬連良的扶風社時,只能在前邊演出《打花鼓》、《打扛子》、《小放牛》之類的墊場戲,能與馬先生合作《坐樓殺惜》、《梅龍鎮》,那算是捧足頭臉了。據說,有一次筱翠花趁著馬先生頭一輪與二一輪演出中間歇工的當口,曾向管事的提出,想在中間貼演一場《馬思遠》。當管事的剛向馬先生說出筱老闆這個想法時,馬先生當即把臉一沉,反問道:「在馬家班裏唱寒磣馬家人的戲,這合適嗎?」可見,一些慣演正劇的班社也不大喜歡這齣戲。在他與尚小雲合作的數年間,大多是傍著尚先生演《姑嫂英雄》、《人才駙馬》等,《馬思遠》也無緣一露。

直到筱翠花自己挑班,自己主持永和社後,《馬思遠》開始大演特演起來。不過,有時跑碼頭也受到過地方勢力的擠兌。例如,在南京演出時,「金陵趙氏宗親會」就聯名抗議,要求禁演《馬思遠》,謂其「杜撰故事,玷污趙姓」。戲班連忙把「趙玉兒」改為「賈玉兒」,以賈、假同音,取並非專指之意。劇中的「賈明」則改叫「李三旺」了。這也是此戲有多種名稱的原因之一。

在袁良出任北平市市長的三十年代初,為了貫徹國府倡導的「新生活運動」,擬把北平建設成一個文明的「國際性的旅遊觀光城市」時,京劇《馬思遠》、《殺子報》、《十二紅》,以及評劇《拿蒼蠅》《馬寡婦開店》等戲,均被禁止演出。筱翠花就帶著班子創東北,跑山東。不久,日本攻佔盧溝橋,「七·七」事變一起,北京的市面大亂,這些禁令便自動解除了。被禁了一陣子的《馬思遠》又重新登上了北平舞臺。

民國三十八年(1949),解放軍開進了北京市,首先開展的工作就是鎮壓反革命,取締妓院,整頓文化市場。軍管會一紙通令,就禁演了五十五齣「壞戲」,《馬思遠》赫然入列。新政權是說到做到的,辦事雷厲風行,絕不手軟。在北京公審了戲霸袁世卿,丁橫,張紹棟;槍斃了老鴇子黃宛氏,逮捕了文化特務王泊生。一系列的高壓威懾,使《馬思遠》、《殺子報》、《西湖陰配》、《貴妃醉酒》、《梅龍鎮》等一系列「有問題」的舊戲都退出了舞臺。代之而起的是《兄妹開荒》、《夫妻識字》、《小女婿》、《劉巧兒》等新人新戲。接著文化部成立了戲劇改進局,對舊戲、舊藝人進行全面的「改造」。

在這種形勢下,筱翠花就徹底歇工了。他的戲班兒無戲能唱,也無戲可唱,幾年下來,就算是破產報散了。後來,政府為了照顧影響和老藝人的生活,就

把筱翠花硬塞到馬連良的劇團裏。不過,在那裡也是除了開會,就是歇著。

到了 1957 年,《馬思遠》這齣戲又出現了一次回光反照,並且釀出一場充滿政治色彩的「《馬思遠》事件」。事情經過是這樣的,這一年 4 月第二次全國戲曲劇目工作會議閉幕。文化部副部長錢俊瑞和劉芝明、中共中央宣傳部副部長周揚在會上作報告,聲明「戲改」工作已經勝利結束,舊藝人都已經改造成革命的文藝工作者了。今後,在劇目工作上要放開手腳,還會解放部分禁戲。

筱翠花與梅蘭芳的合影　攝於上世紀三十年代

筱翠花與梅蘭芳的關係亦師亦友,梅先生創立了「梅派」,筱翠花創立了「筱派」。與筱翠花長期合作的名丑馬富祿先生談起筱翠花的表演藝術時都說:「假如有五大名旦,那第五個就是筱翠花。」

這些話,使對政治一竅不通的張伯駒大為興奮。他早在五十年代初,就曾聯合齊白石、梅蘭芳、程硯秋等近百名藝術家,以章伯鈞、羅隆基、張雲川

等民主人士為贊助人，上書中央，要求糾正文化領導部門鄙視傳統藝術的傾向。並挺身而出，為發掘傳統劇目，成立了「老藝人演出委員會」和「北京京劇基本藝術研究會」。聯絡專家和藝術家，開辦戲曲講座，舉行義演。他眼看著一些身懷絕技的藝人不再演出，心中著急。而今有了「尊重遺產」的新政策，他就要把一些技術含金量高的傳統劇目重新推上舞臺，要老藝人們「演兩齣，叫他們看看。」他認為《馬思遠》這齣戲最有代表性，就熱心地張羅起來。

筱翠花也異常興奮，他把《人民日報》的記者林鋼請到家中說：「請你把我的心裏話在報上也登一登吧。我要唱戲！我知道這幾年觀眾很想念我，我更想念他們。一個演員，不讓他演戲，比死還痛苦。從九歲登臺起，在舞臺上生活了四十多年，這五年閉門在家，心情實在是痛苦之至。」記者如實記下他的不滿，冠以《筱翠花說：「我要唱戲！」北京市文化局竟置之不理》的標題，登上了《人民日報》。

5 月 8 日晚上，在十分熱鬧的筱翠花收徒的儀式上，筱翠花親自發佈了，他將在 12 日上演《馬思遠》。《北京日報》也刊登了筱翠花演出《馬思遠》的消息，並說報社「接到許多讀者的電話，他們急於想看這齣多年未演的老戲。有的讀者為了看這齣戲延遲離京的時間。」而當天下午，「京劇基本研究會「接到北京市文化局的電話，說這齣戲現在尚未明令解禁，還不能公開上演。張伯駒和筱翠花等人一聽就急了，馬上給文化部部長沈雁冰寫信，聲明「如不公演，將影響藝人情緒」。隨之，張伯駒帶著王福山等人在和平餐廳舉行記者招待會，將事先寫好的一篇文章交給記者，請報社發表，以圖獲得輿論的聲援。

章怡和在回憶這件事時說：「在會上，缺乏政治性思維的他（張伯駒），還居然提了一個政治性問題：『在大鳴大放期間，出現了鳴放與法令的矛盾。是鳴放服從法令？還是法令服從鳴放？』」後來，文化部藝術局決定將《馬思遠》改為內部試演。筱翠花在這次演出中是全力以赴，將渾身的絕技都使上了，演得十分精彩。配演王福山、雷喜福、李洪春等人一個個也「鉚」上了。晚會結束以後，文化部副部長錢俊瑞、夏衍和葉盛蘭、杜近芳、新鳳霞等人，都跑到後臺慰問筱翠花，祝賀他的演出。新鳳霞逢人就講：「咱們先不說戲的內容，就是筱老師的眼神，就夠咱們當演員的學一輩子。」

《馬思遠》劇照，筱翠花飾趙玉兒　攝於 1957 年

1957 年，文化部藝術局決定將《馬思遠》改為內部試演。筱翠花在這次演出中是全力以赴，將渾身的絕技都使上了，演得十分精彩。配演王福山、雷喜福、李洪春等人一個個也都「某」上了。晚會結束以後，文化部副部長錢俊瑞、夏衍和葉盛蘭、杜近芳、新鳳霞等人，都跑到後臺慰問筱翠花，祝賀他的演出。新鳳霞逢人就講：「咱們先不說戲的內容，就是筱老師的眼神，就夠咱們當演員的學一輩子。」

　　但是，這次演出的後果是十分悲慘的。剛演過沒幾天，「反右」運動就開始了，《馬思遠》又成了眾矢之的，再次變成壞戲。張伯駒也變成了反面人物，在北京戲曲界第一次批判張伯駒言行的大會上，人們逼著筱翠花上臺與張伯駒面對面地對質：

　　　　筱翠花氣憤地指著張伯駒說：「你是罪之魁，惡之首。我來和你對質，是你先來煽動我演出『馬思遠』的，還是我先找你的？」張伯駒雙手扶著桌子站起來低著頭說：「是我先找你讓你演出，不是你先找我的。」

　　　　（見《北京戲曲界第一次批判張伯駒言行的大會的會議記錄》）

　　這種場面幾乎與電影《霸王別姬》的「太廟批鬥會」雷同。報導《馬思遠》演出的新聞記者也跟著糟了秧。劉衡在《〈人民日報〉的右派們》一文中寫道：運動一開始，記者林鋼便首當其衝地被支部書記傅冬拋了出來。《人民日報》撰文稱：

右派分子林鋼還惡意攻擊黨的文藝政策，歪曲宣傳「百花齊放」的方針，極力鼓吹筱翠花演出壞戲《馬思遠》。

（見 1958 年 6 月 12 日《人民日報》）

以此為罪證，就把林鋼揪了出來。接著，連報導此事的《北京日報》副刊記者曹爾泗也未能幸免，都被戴上了右派帽子，押送到南口農場監督勞動去了。

張伯駒更是罪責難逃，被自己的組織「中國國民黨革命委員會」劃成「大右派」，與章伯鈞、張乃器等人享受了同等待遇。筱翠花雖然沒有被打成「右派」，但在街道裏被視為「房產主」、「壞分子」，嚇得他終日躲在屋裏，學生不敢教了，連大門都不敢出了。從此，《馬思遠》就成了一齣令人談虎色變的戲，再次被打入另冊。

1966 年 8 月，「文化大革命」這動暴起，在抄家、破「四舊」最激烈的時候，筱翠花在紅衛兵皮鞭的威逼之下，穿上戲裝、搽上一臉怪粉，扮演趙玉兒，走「浪步」，轉「眼珠」，一任「革命群眾」開心取笑。這是她演出的最後一場《馬思遠》。經過這場批鬥和戲弄，又驚又怕的筱翠花便徹底精神崩潰了，不久便慘然辭世。

一直到 1981 年 4 月，鄧小平撥亂反正，「一代名優」筱翠花才得到平反昭雪。16 日在北京八寶山革命公墓大禮堂舉行追悼會和骨灰安放儀式。文藝界八百餘人到場參加了追悼會。喜連成第一科老藝人侯喜瑞以九十高齡親臨弔奠。84 歲的張伯駒先生為其親筆撰寫了輓聯：

觀去多歡場，開懷如對忘憂草；演來少喜劇，捧腹應無含笑花。

許姬傳先生則用筱翠花生前專擅的《紅梅閣》《活捉》《花田錯》《寶蟾送酒》《賣油郎獨佔花魁女》諸戲，來悼念他含冤而死，終得昭雪：

含冤魂步，飄渺輕煙紅梅閣；活捉群奸，春蘭送酒占花魁。

附：《馬思遠開茶館》劇本係根據清末昇平署抄本整理。而全本《馬思遠》劇本因筱翠花、王福山、毛世來等老藝人沒有提供，故待考。

《殺子報》——
《殺子報》、「彩頭戲」與「農民的歡樂」

　　《殺子報》是一齣頗有名氣的「血粉戲」，其內容即淫毒色情，又有殘忍的兇殺場面，在舞臺上演來，充滿淫邪血腥，且人倫敗壞，禽經獸行，令人難以瘁睹，是一齣典型的色情兇殺戲。

　　《殺子報》這齣戲的別名很多，亦稱《通州奇案》、《陰陽報》或《油罈記》，演的都是同一個故事。這個故事發生在清代康熙乙未（1715）年間的一件真實的命案，地點是在江蘇屬地南通州關廂一帶。據考，南通州是唐朝貞觀四年（630）設置的一處府衙，下轄石門、開邊、朱提三縣。不久，這一處府衙又被朝廷取銷了，但是，這個州名卻一直保持下來了。因為，此州位於南北通途的要道上，又是一個大的水旱碼頭，歷來商賈雲聚，經濟繁盛。到了明清之際，已經發展成有名的江南重鎮，人們俗為通州。而北方京師所在地也有一個通州，位在北京東南的二十里處，是南北大運河的終點站，隸屬順天府，俗稱北通州，也叫通縣。當年，從南方漕運上來的糧米物資、珍饈百貨都在此地集散，且又地處天子腳下，物阜民豐。兩個通州，一南一北，上下呼應，特別有名。相傳乾隆皇帝下江南時，從北通州出發，到達南通州時，見到民殷賈富，市廛繁榮，興致頗高，曾順口說出一個上聯：「南通州，北通州，南北通州通南北」。因字面奇巧，十分得意，遂向左右隨行的官員們徵集下聯，以試臣子們的才學和通變能力。這個上聯還真把大臣們難住了，一個個唯唯諾諾、低頭後退。唯有撰修《四庫全書》的紀曉嵐走向前來，指著兩岸林立的商賈當鋪，對出下聯，說道：「東當鋪，西當鋪，東西當鋪當東西。」這一千古佳聯，一直傳頌至今。《殺

子報》一事，就出在這個南通州，而今已改稱為南通了。

　　這一血案的情節比較複雜，言說康熙年間，南通市井有一位商人名叫王世成，娶妻徐氏，家道小康，生有一子一女。兒子名叫官保，十一、二歲，在城關塾中念書；女兒名叫金定，十四、五歲，待字閨中。王世成不幸染病故去，遺下妻子徐氏守著兒女孀居度日。徐氏時年三十四、五，正值中年，常去天齊廟拈香，日久天長，竟與廟內的和尚納雲勾搭成奸。納雲時常藉故到王徐氏家中幽會，二人烈火乾柴，淫慾無度，光天化日之下，往來不絕。其子官保雖然年幼，但已明事理。一日放學回家，正好撞上其母與納雲在床上苟且。官保大怒，抄起棍棒，將納雲打出家門，並且一直追到天齊廟中廝打。納雲不敢還手，被打得頭破血流。從此，母子二人反目成仇。徐氏視官保如眼中釘、肉中刺，恨不得立馬除之而後快。便與納雲密謀，要將官保殺死，方解心頭之恨。此語被金定聞知，金定袒護其弟，便跑到學堂告訴官保，囑他下學之後不要回家。待塾中放學，塾師錢正林見眾童皆已散去，唯官保一人尚在塾中呆坐。便主動上前，問其原由，官保唔唔不答，只說與母有隙，恐歸家受責。錢先生一片熱心，親自送官保回家。徐氏出面接待，言語間並未發現有異，便告辭而去。

《殺子報》　清光緒年間河北喬町村慶順成畫店出版的木版年畫

年畫是農民最喜愛的東西，逢年過節買回幾張，貼在堂屋裏、炕頭上，憑提多喜慶了。年畫的內容也多是富貴喜慶的話題。而《殺子報》是一齣淫亂兇殺的戲，原本構不成年畫的主題。但因為這齣戲在當年極其轟動，戲中的人物——王徐氏、納雲、官保，簡直到了無人不知無人不曉的地步，所以極具吸引力。不少民間畫師和畫商看中了這一賣點，精心繪製、印刷，販至大江南北。《殺子報》的故事更隨之遠揚，廣泛地傳播起來。

　　不想是夜，余氏執刀而起，乘官保睡熟之際，用菜刀將其劈死。並將屍首大卸八塊，逼迫女兒金定，將碎屍裝入油罈之內，藏於臥榻之下。次日，錢先生不見官保前來上學，心生疑竇，便於午後來到官保家中詢問，徐氏堅稱官保去到姥姥家去拜壽，不久便歸。錢先生觀其顏色不對，匆匆退出。又從金定口中察覺內有隱情，便直奔通州衙門出首，稱自己的學生失蹤，其母王余氏有害子之嫌。州官黃良臣對錢先生之言全然不信，世間哪有母弒親子之理，便向錢正林索要證人、證物。錢先生一時語憨，拿不出任何干證。黃良臣便以誣告的罪名將塾師押禁。錢先生不服，一再申訴，黃良臣亦生疑竇，便喬裝為算卦的先生，親自去到市井察訪。他從一個賣帶子的行街小販和官保的姐姐金定口中，探得部分真情，遂下令逮拿徐氏和和尚納雲歸案。經過初步審理，已得確鑿證據，便呈報南京巡撫大堂複審。因為此案奇罕，不能有絲毫差錯，巡撫約集藩臺、臬臺到衙，且調集一干人犯、證人三堂會審。王徐氏最初熬刑抵賴，經當堂戳驗油壇，徐氏猶狡辯曰：「常言道君叫臣死，臣不能不死；父令子亡、子不能不亡，逆子不孝，母命其死，何罪之有？」巡撫大怒，三戳定讞。判曰：「萬罪淫為首。淫惡之極，出家之人可以欺師滅祖，褻瀆神靈；離經叛道，淪為禽獸。守家之人可以倫理盡失，天良喪盡，手刃親子，豬狗不如。」將王徐氏判為極刑，凌遲處死；納雲斬首，暴屍示眾。行刑之日，傾城百姓聚於道旁，一個個握拳怒目；刑車過處，一片喝罵。髮指皆目，恨不得爭食其肉。

　　南通州發生的這起殺人碎屍案，當時轟動朝野，舉國震驚。彼時社會上還沒有報紙發行，但有一種民間傳抄的《塘報》十分流行，這種《塘報》類似官場中的「宮門抄」，主要內容記述官員升遷和政府的公告，捎帶錄寫一些時事新聞。這樁命案上了《塘報》，很快就傳遍各大城鎮，成了街談巷議的重要材料，聞者莫不愕然變色。以致「王余氏」一詞成了一句嚇唬小孩的魔咒。清刊《小兒語》中有一首童謠寫道：「快點兒跑，快點瞧，前邊過了通州橋。通州有個王余氏，專砍小孩的腦袋瓢兒。」謠中所唱「王余氏」，指的就是這件事情。

　　後來，說書的藝人就把這件新聞大加渲染，編成了鼓書，在茶樓酒肆、鄉集廟會上大說特說起來。為了招攬聽眾，說書人對此事大加渲染，甚至把《金瓶梅》裏的色情情節也編入評話之內。說王世成經商有道，腰間不乏銀錢，而且天生偉物，襠內本錢亦足，白日在窯子裏尋花問柳，縱慾無度；晚來

回到家中，與余氏在床上也七上八下地採戰不歇。因此，把徐氏也鍛鍊成了一個「浪裏白條」，不可一日無此君。不想，王世成突然得了時疫，匆匆辭世。徐氏頓失倚靠，以至日日輾轉，夜夜難熬。在為亡夫超度亡魂之時，徐氏從天齊廟裏請來一班和尚念經。其中，有一個叫納雲的中年和尚，三十上下歲數，生得眉清目秀，身條偉岸，如果不著袈裟，真若潘安再世。徐氏一見，已有三分喜愛。恰巧在出入庭院之際，一眼瞥見納雲在後院牆角小解，襠內之物重重疊疊，燎人心扉，徐氏遂生勾引之心。翌日，徐氏以借支付經錢之事，再次把納雲招入家中。納雲也是個不守佛家戒律的主兒，見色若渴，淫心驟起，二人一拍即合，匆匆上床，倒鳳顛鸞，雲雨大作。從此，二人勾搭成奸，也不避人耳目，三天兩頭，往來至密。金定膽小軟弱，唯母命是從，不敢有半點違抗。每當納雲前來幽會，徐氏都將金定喝出，命其立於門首望風。這一日，合當有事，官保下學早，回得家來，被姐姐阻在門外。官保問其緣故，金定才吞吞吐吐地說出納雲在屋裏睡覺。官保大怒，衝入內室，揭開床帳，一見和尚正赤條條地伏在母親身上，登時火冒三丈，抄起棍棒，痛摳納雲。此後，一幕幕的慘劇就此展將開來。

這個版本，在民間藝人的口中逐漸演繹成專給男聽眾演說的「黃段子」，直到民國中期，北京天橋、天津三不管、上海城隍廟，還有不少說書的、說相聲的、唱新聞的、唱滑稽的藝人依然照此說唱。五十年代披露的《單口相聲藝人常連安存演出節目錄》中，記有《納雲念經》和《徐氏弒子》兩節，大概就是這一類版本的存目。

另一個版本，是清末小說家、筆名「不題撰人」所寫的《通州奇案》一書。該書出版於光緒二十三（1897）年，現有敬文堂刻本存世。全書四卷，計二十回，書前印有「靈巖樵子校勘」的字樣。作者「不題撰人」到底係何人？其說不一，目前尚難以確考。作者將全篇故事增以首尾，鋪寫成章，為了增加傳奇色彩，還添加了「官保託夢」、「師母告狀」、「州官卜卦」、「余氏熬刑」、「金定殉節」等情節，編成章回小說，還附以木版插圖。問世之後，風行一時，堪稱洛陽紙貴。現將該書回目錄之如下，讀者可以從中瞭解一些梗概。

第一回　趨功名甘泉訪友　　收賬款東霸嫖妓
第二回　貪美色恣情作樂　　失錢財喪氣垂頭
第三回　寫筆據昧良敲詐　　想財香蓄意為媒
第四回　落孫山喜獲麟兒　　走旱道驚逢強盜

第五回　作冰媒妖嬈意合　完花燭伉儷情深
第六回　遊古寺題詩粉壁　歸故里養晦蓬門
第七回　別妻母出門謀事　育女兒設筵聯歡
第八回　訓愚蒙宿儒教書　返極樂老僧示夢
第九回　憐落魄收來稚子　喜滿懷又得佳兒
第十回　進學塾苦攻書史　臥床衾病入膏肓
第十一回　念經文眼去眉來　歸地府命盡祿絕
第十二回　守靈堂超度亡魂　失名節結交和尚
第十三回　放學歸察破姦情　絕裾去激怒淫婦
第十四回　姊憐弟書房送信　母恨子臥室餐刀
第十五回　為學生告狀收監　救丈夫鳴冤擊鼓
第十六回　扮測字眾驚神驗　走長街獨訪奸僧
第十七回　問真相姑娘哭訴　見公差淫婦心慌
第十八回　審姦情熬刑抵賴　傳對質招供申詳
第十九回　盡孝恩一言訣別　殺子報大快人心
第二十回　種善根富貴雙全　享高壽祖孫三代

當年周楞枷先生在編輯《晚清四大奇案》一書時，就因《殺子報》一事過於淫穢歹毒，不忍瘁讀，將其刪去。目前，此書已做為《清刊珍本系列小說》，重新校刊出版。有興趣的讀者可以暇時一讀，從中也可以瞭解許多清季的市井民風。

《殺子報》這齣戲的劇本是何人編寫的？最早何時搬上舞臺的，目前尚無詳考。但從清道光年間，市井刊行的《小兒語》一書來看，《殺子報》這齣戲應該在嘉慶年間就已出現了，而且頗為風行，婦孺皆知。由此可以推想，最早編演此劇的應是南方的亂彈、弋陽腔、倒七等劇種。隨後秦腔、梆子才紛紛移植。最後才為京劇、評劇搬演。

從筆者搜集到的上世紀二十年代刊行的京劇演出本來看，這齣戲是以花旦為主，老生、娃娃生次之、丑、花臉亦次之。全劇共分二十場，大多劇團是以頭本、二本分次演完的。一般劇團只演頭本，從王世成得病身亡開始，演到王徐氏殺死官保為止。其中重點的場子，在「誦經成奸」、「余氏殺子」兩場。大凡掛頭牌的名旦演出全本《殺子報》帶《法場》的不多，因為第二本中

王徐氏的戲份少，不夠「一賣」，除了「公堂」、「法場」，就都是老生、丑行的戲了。倒是地方戲、小劇團和戲活躍在鄉間的「草臺班」子，都演整齣的，一直演到納雲被正法，王徐氏被破腹挖心為止。

清靈巖樵子校刊本《殺子報全傳》《公堂質對》插圖　清光緒敬文堂刻本

清末小說家「不題撰人」所著《通州奇案》一書。出版於光緒二十三（1897）年。全書四卷，計二十回，作者這一血案增以首尾，鋪寫情節，編成章回小說，還附以木版插圖。問世之後，風行一時，甚稱洛陽紙貴。

　　戲班子在演出《殺子報》時，為了吸引觀眾，追求票房價值，就不斷地向裏邊添加內容，使第二本也增加看點，增加了「官保託夢」一場，官保頭戴黑紗、上魂子，還有一大段訴說被害經過的唱段兒，很像《碰碑》裏的「託兆」。「州官卜卦」一場，演州官扮作算卦的先生到天齊廟給納雲卜卦，這場生、丑的表演又很像《十五貫》的「訪鼠測字」。在處理金定這一角色的下落時，有兩種演法，一種是在巡撫大堂將納雲、徐氏判決後，又將塾師錢正林釋放，巡撫做主，令金定拜在錢正林並其妻李氏膝下作為義女，由這對老夫

婦帶歸撫養。另一種演法，是金定在法場上哭祭徐氏，哭罷，在徐氏刑前，一頭撞死在法場上。巡撫為表彰她的節烈，敕建貞烈碑坊旌表。

《殺子報》這齣戲融「色情」、「兇殺」、「恐怖」和「迷信」於一爐，堪稱「集傳統糟粕之大成」，所以屢遭禁演。

先說「色情」，戲中的王徐氏一角是由花旦應工，舞臺表演當中，除了花旦一貫運用的煙視媚行、勾搭引惑的技巧和手段之外，不少演員還恣意發揮，在臺上做出勾肩搭膊，與和尚摟抱親嘴的動作。與今日的話劇和電影不同，這類動作在舊的傳統戲中出現，的確是有些「離經叛道」，過於大膽和淫穢了。

但是，這種表演並不是演員臺上隨意抓哏討俏、憑空自創出來的，在正統戲班中，這類做派身段，也是有所傳承的。據乾隆五十九年（1794）出版的鐵橋山人著《消寒新詠》一書記載：

余乍見京腔演戲，生旦諢謔，摟抱親嘴，以博時好。更可恨者，

每以小丑配小旦，混鬧一場。

「筱（翠花）派」名票閻仲裔先生曾經說過，舊日學《打櫻桃》時，吳彩霞老先生還特意教了丫環與書童摟抱和「Ｋ斯」（親嘴的俗稱）的身段。在臺上，手要放在哪兒，臉要衝著哪兒。這是個「要菜」的身段，做好了，討俏（即來「正好」）；做不好，挨罵（即來「倒好」）！早年間，唱花旦的男旦都要學這個身段的。但是，不是任何一齣戲都能使的。只有亂彈的《大鬧銷金帳》、《樊梨花喂藥》、梆子的《瞎子捉姦》、京劇《打櫻桃》、《十二紅》和《殺子報》裏邊才用。民國以後，女伶們相繼登場，這類動作就都免去了。但是，男旦在演出時依然照用。」

《殺子報》這齣戲裏還有描寫王徐氏與納雲和尚通姦的「床上戲」，處理方式與《戰宛城》中鄒氏與曹操的奸宿一樣。二人進入二帳子，就開始「搖帳子」，隨著音樂的伴奏，帳子要時緩時疾的幌動，以表示二人在床上的淫樂。這種表演源自秦腔和皮影戲的「耍騷達子」，有的演員為了增加「黃色趣味」，還特意從帳子裏伸出一條腿，又蹬又踹，以示性衝動的狂勃。這類「床上戲」的表現與而今電影中的「床戲」是不能同日而語的。彼時在封建社會的桎梏下，舊傳統戲中出現這種情節，的確是「淫穢有加，天理難容」的了。

說到「兇殺」的場面，這齣戲也真是窮凶極惡，有違人倫，刀光血影，慘不忍睹了。從劇情中看，白天，塾師帶官保還家，王徐氏還是笑臉相還。

塾師代官保賠不是，說日後絕不讓母親生氣。徐氏也未有何異常，說什麼分外的言語。官保也以為前嫌已解，復送塾師出門。不想入夜之後，舞臺燈光驟暗，鼓打二更，風生火起，王徐氏一臉油灰，牙咬甩髮，手執菜刀，袒胸赤膊而上，亮凶相。在［急急風］的鑼鼓聲中，跑圓場，碎步疾行來到官保床前，對著熟睡的官保一刀砍下，未中，「卜嗵」一聲砍在床板之上。官保驚醒，滾下床來。徐氏追砍，官保跌撲跪地，哀哀乞命。彼時，金定亦被驚醒，跑上，用手抱著母臂，代弟求饒。奈何徐氏母性已泯，獸心陡生，變為獅虎，執意殺人。這段表演最為火炙，三人推磨、走跪磋、三拉三進，徐氏踢金定，金定躍起，跌「屁股坐子」；官保走「搶背」，「烏龍絞柱」，立起後，徐氏用菜刀迎頭劈下，正中腦門。一煞時，血光四濺，官保走「抽瘋」，立停，身體後仰，「僵屍」倒地。徐氏恐其未死，又向其頸連跺兩刀。靜場，徐氏翻身、甩髮，用腳踢官保兩下，確認已死，方口吐長氣，起亂錘，四望，琢磨怎麼處理屍首。當她看到床下的油罈，眼睛一亮，轉身扯起嚇暈過去的金定，命其把官保屍首抬到床上。金定偎縮不敢向前，徐氏便自己動手，把屍首抱上床來，開始用菜刀割拆官保屍身。徐氏一邊揮刀，一會兒丟出一隻血淋淋的手、一會兒丟出一隻血淋淋的腿來。而後，越割越快，轉眼屍首大拆八塊，全都丟在臺前。待徐氏轉身亮相，周身上下盡為血染，簡直成了血人。復使淫威，脅迫金定將官保的碎屍裝入油罈之內，封好，藏於床下，此幕始畢。

地方戲、小戲班、草臺班因為條件所限，燈光布景方面可能草草行事，但胳膊、大腿等屍身的切末道具是必須齊備的。這齣戲的「賣點」之一是碎屍，絕不能暗場處理。還有一點，演到此處必須使用「血彩」，才能更逼真地營造出「殺人現場」。在官保被追殺倒地之際，演官保的演員要把戴在袖子內的一個「血彩包兒」拿出來，趁觀眾不注意的時候，貼在自己的額頭上。這個「血彩包兒」是事先用豬尿包製成的，裏邊灌上用紅顏色兌漿糊調製成的假血。待徐氏一刀劈下時，刀刃將豬尿包斬破，內中血漿迸裂而出，驟然四濺，與真血無二。這樣血淋淋的殺人，寧不讓觀眾舉座大驚。

據老藝人回憶，這齣戲在上海的大劇場演出時，更是恐怖慘人。二十年代，上海得歐風之先，受西方無聲電影的影響，特別注重舞臺的燈光布景和舞臺道具，在演出此戲時有著許多的創新。《殺子》一場，全場燈光熄滅，學習西方技術，只使用三支追光，分別跟蹤徐氏、官保和金定三人的做、表。在

徐氏碎屍時，使用一幅白帳子，反打燈光，照出徐氏碎屍時的剪影，當她每一刀劈下時，都有紅色的、大小不一的血點兒，濺在白帳子上。這些血跡在燈光的反照下，顯得格外殷紅、慘烈，恐怖嚇人。

香煙畫片京劇《殺子報》　民國初年英美煙草公司出品

紙卷香煙和附在香煙包內的廣告畫片，都是美國在十八世紀七十年代發明。八十年代傳入中國上海，隨著香煙的迅速普及，香煙畫片如水銀泄地一般傳入千家萬戶。《殺子報》也印到了香煙畫片之上，足證該戲影響之大。

　　飾演王徐氏的旦角此時要使出全身的解數，從花旦變為「潑辣旦」，《殺子》一場則又變成「刺殺旦」。能成功的塑造這麼一個「變態狂」、「殺人狂」的女魔頭，不僅要求演員有很高的表演技巧，而且還要有一身的功夫，手、眼、身、法、步，啼、笑、陰、狠、毒，五行俱備，十法皆全，否則殊難勝任這一角色。

　　在草臺班的演出中，徐氏和納雲伏法，明正典刑。這最後一場戲是一定要演的。尤其在鄉鎮農村，這類判刑殺戮戲不僅要演，還要假戲真做，才能

滿足農民觀眾的願望和要求。本來嘛，徐氏這個娘們兒不守婦道，還失節犯浪，不但偷和尚，還殺死自己的親生兒子，甭說有「七出」之罪，就是九出、十出也已罄竹難書了。對這種「三綱五常」盡失，天理人倫喪盡的東西，破腹挖心還是判得輕，應該千刀萬刮，下油鍋、點天燈才算解氣，不親眼看著把這些狗男女處理掉，戲是決不能散場的。拿杭嘉湖一帶農村的演出來說，大堂宣判以後，要把王徐氏和納雲頭插斬標，五花大綁，由劊子手們押往臺下遊街示眾。這一下可就熱鬧起來了，彼時，臺下的看戲的多是站立，只有前排有十排八排板凳，後邊的看眾多是來自十里八鄉，扶老攜幼彙集在一起，足有數千之眾。「犯人」一押下臺口，便萬眾齊擁，爭相觀看。喝打之聲，聲震瓦瓴。真有不少進入劇中的愚人莽漢衝上前去，對王徐氏扯打廝咬，儘管「劊子手」們一味保護，一場「遊街」下來，王徐氏和納雲早已面殘衣破，遍體鱗傷。所以，主演們都不演這一齣，而由班子裏身強力壯的底包瓜代。完事兒之後，要開雙份戲錢還得加個大紅包。有的草臺班子，在「遊街」之後，還要在臺上設法場，當場行刑。臺下觀眾莫不翹首鶴立，瞪圓了眼睛看現場殺人。在對納雲梟首示眾的時候，五花大綁的納雲跪在臺前，在劊子手拔去背上的法標之時，採用變戲法的手段，將一個假頭顱安在納雲頭上，順手一提納雲身上的衣領兒，納雲的真頭便順勢縮入衣服之內。在觀眾還沒醒過味兒來之前，另一個劊子手以迅雷不及掩耳的速度手起刀落，納雲的假頭便連翻帶滾地掉在了臺下。演納雲的演員順勢倒下，隨後拖往後臺休息。早在臺下備好的底包，將地上的假頭顱拾將起來，掛在早已準備好的竹竿頂稍，高高舉起，搖著給觀眾觀看，而後，在觀眾的歡呼聲中，將竹竿帶頭顱一起斜插在了九龍口的臺柱之側，以為示眾。在觀眾驚魂未定之餘，監斬官又喝令把王余氏推出來剖腹挖心。此時王余氏的替身兒，被四個劊子手押跪在正臺口上，拔去背後的法標，將上身的罪衣扯開（有的是把胸前的紅兜肚扯下），露出一身白肉。為了讓臺下的觀眾看得清楚，兩個行刑的劊子手立於余氏身後，一人手執利刃，一人用手向上攬住余氏頭顱，執刃的劊子手從余氏胸口一刀刺入，一股鮮血噴薄而出，濺滿臺頭。另一隻手隨即插入其胸前，掏出一個血淋淋的心臟，高高舉起。余氏身體後仰，文場吹「挑子」，散戲。這種「剖腹掏心」的演法，也是「彩頭班」常用的一種「戲法」，事先將一個裝了血漿和心臟的大豬尿胞，平貼在演員的胸口之上，行刑時，用刀戳破，就會出現嚇人的場面。

戲終之後，壞人被懲，好人申雪了冤枉，農民觀眾一個個心滿意足，才各自打著燈籠，評論著戲文，各自回家睡覺。看過一場演出，可以在田間地頭之上，瓜棚豆架之下，足足說上一年。

著名作家唐弢在《古城返照記》一書中說：昔日，在南北鄉鎮農村的廟會野臺子上演出《殺子報》，幾乎成了一種「農民的娛樂」，「每次總是人山人海，爭著看熱鬧」。影響之大，知者之眾，遠勝於「八國聯軍」進北京，「康梁變法」等國家大事。劇中的王徐氏和納雲和尚的名子，比孫中山、袁大總統的名字還要響亮，可謂婦孺盡知。

舊日戲中使用「血彩」，並非筆者妄論，它是舞臺上慣用的一種表演方法，只是在使用的手段和方式方法不同而已。舊日演出《殺嫂》。《殺皮》、《盤腸大戰》等戲，都用「血彩」的，只是隨著文明進步和淨化舞臺的提倡，而把這些兇殘血腥的手法都逐步取締而已。

筆者在研究《禁戲史》時，曾採信了一則道光皇帝在宮中觀看《盤腸大戰》演出之事。戲中的羅通在戰場上被妖道用槍將小腹刺破，腸流體外。演員就採用「血彩」的方式，把流出的腸子，血淋淋地纏繞在腰間，繼續鏖戰。道光皇帝用袖遮面，不忍瘁睹。事後降旨「管理精忠廟事務暫署堂郎中文為曉諭事：照得梨園演戲，優孟衣冠，原使貞淫美刺，觸目驚心，有裨風化也，故演唱者家形盡態如身親事，身歷其境。使坐視之人喜怒哀樂，有不容己焉耳。然有今來大不忍之事，言之尚不可，何事形諸戲場？」提出，今後不得演《逼宮》、《盤腸》諸戲」。

《殺子報》這齣戲自問世以來，因內容淫穢、恐怖，是屢遭地方禁演的。在南方的《俗諺》中，歷來就有：「通州不演《殺子報》，如皋不演《顧二麻子》」之說。與《殺子報》一樣，《顧二麻子》的命案發生在乾隆年間的如皋城中。被害者姓顧，排行第二，臉上有麻子，諢名「顧二麻子」，他以賣熟驢肉為業。其妻不軌，與姦夫周五合謀，兇殘地殺死了顧二麻子，將顧的屍體煮熟，混在驢肉裏賣出，骨骼拋棄在城牆外面的亂墳場裏。被過路的人發現後報官。官府派仵作驗看，確認人骨。縣令譚大經查破此案，兇犯被處以極刑。嘉慶年間編纂的《如皋縣志》中就記有此事。後來，也被編成戲劇演出。地方士紳認為這些事都有傷本地人的面子，上書縣令，予以禁演。

清末民間年畫《清廉訪案殺子報》（局部）　清宣統三年出版蘇州年畫

這張年畫特意把全劇的最後一場戲《法場》精心繪出，套色印刷。在徐氏、納雲行刑的圖畫上面，用大字寫明「定罪正法、大快人心」。從特定的角度反映出市井百姓和鄉村農民質樸的「懲惡揚善」的普遍心態。民間草臺班的血淋淋的演出，恰恰迎合了這種需要，每每演來，觀眾人山人海。政治干涉，但也久禁不止。

歐陽予倩先生在回憶清末狀元張謇振興南通，創建伶工學社時，志在培養新一代戲劇演員。曾經說過：「伶工學社的開辦，須遵高臺教化、移風易俗之旨，倡導興業救國、新民新風之道，對奸、盜、淫、邪、傷風敗俗之劇，均一併揚棄，如《殺子報》、《翠屏山》、《看佛牙》等劇目，為社中不教、子弟不學也」。這裡著重提出《殺子報》，也是因為南通人皆以王徐氏為恥，而不准其再現舞臺了。

就目前筆者所掌握的資料來看，最早在上海演出《殺子報》的演員都是擅演花旦兼有武功的男旦，如兩盞燈、想九霄等人。據光緒八年老《申報》刊載：兩盞燈係滬上閘口「河北之泉慶奎特邀花旦，每日有二簧及梆子一齣」；想九霄，「係上海新到山陝腳（角）色，每日亦二簧夾梆子一齣」。他們專演《海潮珠》、《拾玉鐲》、《賣胭脂》、《殺子報》之類的戲。「描摹盡致、阿堵傳神」、「一揭簾攏，齊聲喝彩。已而一顰一笑，一唱一歎，均喝彩不休，坐者目眩神迷，筆難縷述。班中固利市三倍，然人心風俗為之大壞」（見 1882 年 8 月 20 日《申報》）。

　　想九霄，也作響九霄，本名田際雲，係河北高陽人，在天津唱梆子花旦，頗有聲名，他的做工十分細膩，描摹女性，最是迷人。他年記很青便在班裏挑起了大樑。他還愛編演新戲，據說他在光緒四年南來之後，見一些地方小班唱《殺子報》，他就把這齣戲移植為梆子腔，一唱而紅。後來，個人組班加入了新丹桂，成了當紅的大角。王芷章先生在《京劇編年史舊稿》中，對他的班內演員有詳細的記載：

> 　　響九霄自到滬後，任用夏月恒為管事，並參加演出。班中帶來的多為梆子演員，計文武老生有達子紅、徐文壽、蓋天紅，小生為小金紅，武生為活天霸，青衣為水上飄、貓貓旦，花旦有馬金祿、小金虎，花臉有驚天雷、索鳳鳴。班中皮黃、梆子兩下鍋，兼有崑曲。深受到觀眾歡迎。

　　自從上海開埠以來，商賈雲集，人人趨利，處在一片紙迷金醉的之中。演藝行多到上海掏金，在時風的影響下，演出色情兇殺之戲，似成一種潮流。原本並無大礙的「三小」戲、生旦「對兒戲」，竟然越演越粉，兇殺戲越演越恐怖。為了整頓時風，政府不得不出面干涉，對誨淫誨盜之戲，一概禁演，嚴厲封殺，《殺子報》則首當其衝。

　　光緒十六年（1890）六月十四日，上海《申報》刊登了清政府的《禁止淫戲公告》。文曰：

> 　　英會審員蔡太守奉到蘇藩司黃方伯禁演淫戲告示，發貼通街。今將憲示照錄於左：頭品頂戴江南蘇州等處承宣布政使司布政使黃，為明白示禁以端風教而正民心事：照得演戲觀劇，事雖侈靡，於人無益，然由來已久。如將古來忠孝節義事通描摹演唱，亦屬可歌可泣、足以動人興感之心，是於無益之中尚不盡屬無益也。惟演唱淫戲易啟邪思，演唱武戲尤近誨盜。凡年輕子弟，血氣未定，觀此淫浪之劇，無不神馳心蕩，豔彼所為。其粗暴愚氓，性本非良，再看強悍之戲，更生桀黠之心，詡為英幹。光天化日之下，何容有此誨淫誨盜之為。若用之於廟臺酬神，尤屬荒謬。為此擇尤示禁，特仰戲園班頭、識目、戲腳人等知悉。自示之後，凡屬淫盜之闋，一概不准演唱。如敢故違，一經訪聞，定即封班拿究。須知不禁演戲已屬從寬，藐玩不遵即難寬貸。又查有小毛兒戲，男女不分，演唱淫曲，尤屬敗壞風氣，必應禁絕。其各凜遵，毋貽後悔。凜之切切，特示。

文後開列了一系列禁演劇目：如《賣胭脂》、《珍珠衫》、《小上墳》、《打櫻桃》、《看佛牙》，《挑簾裁衣》、《下山》、《倭袍》等三十餘齣，與《殺子報》（即《天齊廟》）、《秦淮河》（即《大嫖院》)》等戲，一併禁絕。

《殺子報》馮子和飾徐氏　攝於民國初年

馮子和（1888～1941）本名旭初，字春航。江蘇吳縣人。幼年隨父學青衣、花旦。九歲拜夏月珊為師。青衣戲宗法時小福，花旦戲曾得路三寶傳授。因他相貌近似當時上海著名青衣演員常子和，一度曾以「小子和」之稱露演。在上海、杭州、蘇州、南京、漢口等地負有盛譽。他具有民主愛國思想，演出劇目除傳統古裝戲外，還排演了許多清裝戲和時裝戲。《殺子報》也是他常貼演的劇目之一。

中國是個很有趣的國家，人民的思想也非常通變，凡是上邊要禁的，下邊越是好奇，越是要看。於是，或若蟄伏一時，或是另想對策，將其改頭換面，重新做來。所謂禁止，多為一時一刻，風頭一過，便繼續演來。自清代中葉直到民國三十八年的一百多年來，《殺子報》一直未斷演出。後來，上海又出了馮子和、趙君玉、林顰卿、小如意等名伶，他們也都是飾演王余氏的佼佼者，《殺子報》是他們的爭包銀的殺手鐗。

在北方，《殺子報》是如何傳播開來的呢？筆者在《梨園軼事》一書中，曾讀到一則「譚鑫培生日堂會」，文中說，彼時梨園界有一規矩，自家因事舉

辦堂會是不便邀請本行同人演出助興的。多是請一堂曲藝雜耍演唱，湊湊熱鬧。這一年譚鑫培過生日，有人舉薦外埠來了一班蓮花落，有一齣拿手戲叫《殺子報》火得利害，值得一看。譚鑫培聽說過南方有這齣戲，曾把京劇給頂了，可自己也沒見過。於是，就把這班落子邀了過來演一演。不想一開場就把前來賀壽的親朋友好、戲班同仁都吸引過去了。大家茶也不喝了，酒也不飲了，都直著脖子看起戲來。當看到徐氏殺人的時候，賀客們全都怒不可遏，站了起來，脾氣暴的還衝上臺去要打徐氏。嚇得飾演徐氏的演員跑進廁所，躲了起來。

　　雖說此說此事出自野史，但也不似妄談。譚鑫培生於1847年，民國六年（1917）病故，壽享七十。估計這場堂會應該在五、六十歲之間，當是庚子前後，北方的京劇尚無人排演此劇。而是由評劇的前身「落子班」（俗稱「蹦蹦戲」）先在北方把這齣《殺子報》推出來的。據胡沙先生編著的《評劇簡史》記載，光緒中年，評劇創始人成兆才率先把這個故事編成評劇上演，還特意把南通州發生的事兒改為離北京不遠的北通州（亦稱通縣），由班裏的「大娘們兒」張廣志等人跑碼頭演唱，逐漸把這齣戲唱出了名。到了民國初年，評劇出了個紅藝人，名叫月明珠，是他接過「大娘們兒」的衣缽，把這齣戲定了型，越唱越紅。他飾演的王徐氏在臺上「瘋狂作案，如回身臨其境」，贏來個「活刁婦」的綽號。

　　月明珠，原名叫任善豐，字久恒，乳名圍柱，1898年生於河北灤縣胡家坡。五歲即隨父兄跑江湖賣藝，九歲寫入成兆才的京東慶春班，拜在「大娘們」張廣志名下學藝，沒兩年就被張廣志捧打成一個集花旦、潑辣旦、武旦於一身的優秀男旦。他以唱腔美妙，扮相俏麗，做、表傳神，名噪一時。尤其他演的《殺子報》，把王徐氏的浪、陰、歹、毒，刻畫得入骨三分，令人觀後，莫不頓足髮指。1916年，他在天津「三不管」演出《殺子報》時，轟動四廂，把聽書的、看雜耍的常客全都引入戲棚。不僅得罪了當地的同業和地面兒上的把頭，因為這齣戲的內容「不雅」，還開罪了地方的縉紳。一張禁演淫戲的布告便將成兆才的慶春班驅逐出天津地面兒。後來，月明珠又到通縣演出此戲，沒兩天也遭到當地鄉紳的討伐，聲稱此戲是故意「遭蹋鄉梓，污褻地方」，鼓動了當地的農民百姓，用棍棒將全班打出村外。從此，通縣地區永禁演出《殺子報》。翻閱民國刊本《通州縣志》《順天府志》，上邊都有禁演此戲的記載。儘管月明珠的這齣戲「人人喊打，處處觸黴」，其藝術貢獻仍不失為一個

好演員，他演出的《馬寡婦開店》、《花為媒》、《桃花庵》、《王少安趕船》，都是評劇的看家戲，一直流傳到現在。

京劇名伶路三寶的旗裝劇照　載於《京劇史照》

路三寶，本名路振銘，字厚田，號芷園，又號玉珊，原籍山東濟南府歷城縣人氏。生於光緒三年（1877），逝於民國七年（1918）。幼年坐科於章邱慶和科班，初學鬚生，後改花旦，兼演刀馬。他的扮相不好看，臉上肌肉鬆弛，帶有「慘厲氣色」，所以，特別適合演悍婦型的「潑辣旦」「刺殺旦」。他的「被殺戲」和「殺人戲」，都能抓住劇中人物性格，並發揮得淋漓盡致。他的高超演技，行內無人不服。

在北方率先搬演京劇《殺子報》的是名伶路三寶。史稱：他演的「殺人」戲，如《殺皮》、《殺惜》、《殺子》諸戲絕對獨一無二，無人能比的。梅蘭芳與路三寶學習合作多年，二人合演的《殺子報》也一直為人稱道。三十年代讀者甚眾的《立言畫刊》上，曾刊有「問梅」寫的一篇報導：《民元北京競演〈殺子報〉》。文中寫道：

民國元年（1912）國體初變，彼時北京最普通流行之戲劇為《殺子報》。始猶限於梆子班，繼而皮黃班亦爭排演，蓋非此不足叫座。最先演者三慶園，崔靈芝去王氏，小吉瑞去官保，小桃紅去金定，一千紅王吉雲去先生，武生李豔雲去老縣官，配搭尚整齊，惟去和尚者，係一無名小丑，殊為減色。

俞振庭主文明園，亦排演此劇，以路三寶去王氏，小桂官去官保，梅蘭芳去金定，王長林去和尚，劉景雲去先生，大李七去縣官，配搭皆為上選，較三慶強多多矣。

最後天樂園亦排演，五月仙以班主資格扮演王氏，田雨農去官保，胡素仙去金定，李敬山去和尚，孟小如去先生，張黑去縣官，各角功力悉敵，亦頗不弱。

彼時，梅蘭芳雖說還是「小荷方露尖尖角」，配演二路旦角尚不為珍。而王長林、劉景雲、大李七，則都是一頂一的頭牌好佬，可見這齣《殺子報》在早年間的影響之大。

京劇名宿李洪春先生在《回憶錄》中也記述過這件事。他說幼時，與梅蘭芳是近鄰，梅蘭芳住鞭子巷頭條，李洪春住東茶食胡同西口。他們行當雖不同，可相處很融洽，每天一大早一起在金魚池練嗓子，切磋藝術。在田際雲演《殺子報》時，他還飾演過官保。

「問梅」的文中，還談到了一位以唱《殺子報》走紅的梆子名伶「五月仙」，此人亦不可不談。「五月仙」本名商文斌，因家道貧寒，自幼寫入「小猴兒班」學藝，專攻花旦。一次在張家口演出時，被北京「瑞勝和梆子班」班主張三看中，將其收為「入室」弟子，在梆子名伶的指導下，他刻苦深造，終於練就一身功夫，二十歲時便聞名京都了。清刊《優伶小傳》稱他「貌極肥胖，但化出妝來儀表大方，尤適演旗族婦女。且嗓音輕盈流利，別有婉豔動人之處」（見《河北戲曲資料彙編第十三集》）。《都門紀略》稱：

光緒末年，秦腔勢力已定，雄伏一切。當時皮黃（京劇）班中盡屬知名人，而秦腔名角足以與之分庭抗禮，聲名最高的有侯俊山、郭寶成、想九霄和五月鮮。

光緒四（1878）年，他從天津「上仙園」到上海石門路「天仙茶園」演出，見到滬上盛行《殺子報》，他便購票去看，把重要場次和唱詞熟記於心，歸來，就在班裏排練。演出期滿之後，他就把這齣《殺子報》帶回了北京。

他在戲中扮演的王余氏，在《殺子》一場，聲色俱厲、兇殘瘆人。當他用菜刀分屍的時候，那真是刀光閃閃，血彩四濺，宛如真的一般，觀眾常被嚇得緊閉雙眼，不忍瘁睹。據說在1909年，美國人賓傑門·布拉斯基開辦的亞細亞電影公司，還專門把他的這場戲拍成了無聲電影，在京滬放映。

民國伊始，處處維新，《殺子報》被輿論普遍認定為是一齣誨淫誨盜的「壞戲」，有志之士屢屢呼籲政府嚴禁。革命先驅陳獨秀撰文指出：舊劇《殺子報》等戲「其助長淫殺心理於稠人廣眾之中，誠世界所獨有，文明國人觀之，不知作何感想。」（見《新青年》第四卷第六號）

到了民國三十年代，尤其在全國推行「新生活運動」之際，南昌、武漢、南京、上海、北京普遍響應，禁演「壞戲」，淨化舞臺。從此，大城市演出《殺子報》開始降溫，京劇班裏只有筱翠花、仲盛珍、劉盛蓮、毛世來等人偶而貼演。到是評劇演出此戲恒久不衰，劉翠霞、愛蓮君、老白玉霜、鮮靈芝、花小仙等人將之納入傳統戲，不斷演出。不過在多方面的壓力下，劇中的色情部分、兇殺部分都大大地淡化了。到了四十年代後期，北方只有小白玉霜、喜彩蓮、筱俊亭、花淑蘭等人還時不時地貼演這齣戲。

總之，《殺子報》一劇自清民一百多年來，一直為亂彈、弋陽、京劇、秦腔、梆子、粵劇、評劇，以及各種地方戲搬演，屢禁不止，屢演不止。我們從不少梨園史料的記述中，足可以看到許多劇壇名伶大都演過這齣戲，而且各有不凡的表現。儘管這齣戲「誨淫誨盜」、「殘忍恐怖」，在中國近代戲劇史中的確佔有一定份量，因而不宜忽視不計。

直到民國三十八年，也就是1949年，第二次國內戰爭近於結束，蔣介石退至臺灣，共產黨率領解放軍進駐北京。在肅反鎮壓反革命的同時，開始整頓文化市場。3月25日在《北京日報》前身的《北平新民報》上刊發了《中國人民解放軍北平軍事管制委員會文化接管委員會禁演五十五齣含有毒的舊劇》的公告，明令禁演了這齣《殺子報》。1950年7月27日中央人民政府文化部成立了戲曲改進委員會，制訂了《戲曲節目審定標準》；相繼頒布了《全國禁止上演二十二齣「禁戲」的通知》，《殺子報》以「形象恐怖、淫惡」的罪名被排在了禁演的第一位。

德雲社演出的《殺子報》劇照　評劇老藝人劉俊亭扮演王徐氏

據說這齣戲完全照舊路子排的。六十六歲的評劇老藝人劉俊亭扮演王徐氏，七十七歲的李海亮扮演錢正林，童星小陶陽飾演官保。全劇採用京劇、評劇「兩下鍋」的形式演出。

　　新政府的這次禁演《殺子報》是十分成功有效的。文化部推行「雙改」方針，改戲、改人，政府把藝人們組識起來學習政治，改造思想，藝人們的覺悟也大幅度的提高，自覺地分辨良莠，拒演壞戲。從此《殺子報》便退出了歷史舞臺。就是在「反右運動」之前，文化部以「舊劇全部開禁」為誘耳時，各劇團也無人再演《殺子報》了。

　　直到「文化大革命」運動爆起，戲曲界的紅衛兵們翻起了舊賬，借「打倒一切反動權威」之名，中國評劇院貼出的第一張大字報，就是《小白玉霜專演壞戲〈殺子報〉和〈馬寡婦開店〉》。在群情義憤之中，造反派把小白玉霜揪了出來，「打翻在地，再踏上一萬隻腳」，導致小白玉霜含冤而死。死前她在一張紙上寫道：「我沒有文化，你們不要欺負我。」

　　如今時代變了，戲劇全面開禁，演出的劇目再也不用上報審批了。據網上報導，郭德剛主持的德雲社，已把《殺子報》完全照舊路子排了出來。由六

十六歲的評劇老藝人劉俊亭扮演王徐氏，七十七歲的李海亮扮演錢正林，童星小陶陽飾演官保，用京劇、評劇「兩下鍋」的形式搬上了舞臺。但公演之後，上座不佳，沒演兩場就掛了起來。這齣戲就再也沒有昔日的熱鬧了。

　　附：《全本殺子報》劇本係根據 1913 年書肆刊本《殺子報》整理。
　　　　　　　　　　　　　　　　　　　　　　請見本書下卷。